光荣与梦想——"大语文"系列丛书总序

穿过一丛金色的墨西哥橘,六岁的小红豆头戴粉盔,骑着一辆有辅助轮的浅粉色自行车前行。在她身后跟着三岁的小青豆,蓝色背心、蓝色头盔,滑动着一辆海军蓝滑板车。

在温哥华的这个浅蓝清晨,我望着女儿红豆和儿子青豆的背影,捏紧了久违的轻快心情。此刻我的另一个儿子在太平洋彼岸舒展着拳脚,已经名扬神州、纵横四海,他就是十二岁的——大语文。

那一年际遇喜人,没落的大宋皇裔赵伯奇当时正是北大游泳队队长,俊美倜傥的郭华粹正要从不列颠返回国内,文坛世家陈思正将从哈佛启程,卸任了校学生会主席的朱雅特正要入住北大教育系设在万柳的高级学生公寓,北大辩论队队长"驴火歌王"邵鑫正准备离开校园大展拳脚,而本书的主要执笔人——我表弟张国庆,也正在收拾行囊欲来北京助我成就大事……那一年的我们,大多毕业于北大、北师大的中文系,本有着大不相同的人生规划,却因为我许下了五个耀眼的愿望,如埋下一粒豆子作为种子，我们相聚在一起，簇拥着走出了同一条人生轨迹。

那一年，种瓜得瓜，种豆得神。神奇的大语文诞生。

五个愿望：一愿我们投身于校外教育，把语文课变得有意思；二愿将大语文课程商业化，以丰厚的回报让大语文家庭过上富足而体面的生活，同时也让更多北漂的卓越人才敢于加入大语文战队；三愿大语文课程走向全国，使更多孩子受益；四愿大语文课程进入学校，深度补充和影响校内语文教育；五愿大语文走向世界，吸引更多华裔或其他学习者，使其对中国文学文化乃至世界文学文化产生较浓兴趣。

这是多么光荣的梦想。被商业繁荣笼罩着的华彩世界里，我们愿意燃烧年轻的生命，去照亮大语文，或是做烛去点亮大语文。

十二年后，我们作为一家颇具潜力的上市公司被广泛关注。原打算用一生去交换的五个愿望也开始一一实现，欢喜之余，我也冷静了下来。我对队伍说，我开始不甘心只为绽放一时，我想留下些许我们的代表作，让这些被汗水泪水浸泡着的奋斗产生的价值能够长久留存。

那么，什么才能做到长久留存？战国时期最伟大的弩机大师也随弩的入土而不闻于世，而孟子的浩然之气、庄子的逍遥自由却总让千年后的人们神往；历代精美的琉璃制品、珍珠黄金、武艺枪械、米铺碾坊，都随大江

主编◎窦昕

一套写给中小学生的文学史

乐死人的文学史

春秋篇

石油工业出版社

《乐死人的文学史》编委会

主　　编　窦　昕

执行主编　赵伯奇　　张国庆

豆神大语文名师编审委员会
　　　　　　窦　昕　　赵伯奇　　朱雅特
　　　　　　邵　鑫　　张国庆　　杨宏业
　　　　　　魏梦琦　　殷程其　　许　龙

编　　者　康兴江　　杨元美　　宋蔚奇
　　　　　陆嘉炜　　宇文佳薇　白　玲
　　　　　刘俣含　　张炜婧　　王　瑛

美　　术　马姗姗　　张嗣圣　　赵芷琪

东去；罗摩与神猴、罗密欧与朱丽叶、《西游记》与《水浒传》、雨果与左拉、马克·吐温与杰克·伦敦，才会百年千年流传。

锐意进取、诚信无欺，精良的产品确可以建立百年老店。

回归率真、淡泊功利，生动的文化才能够成就千载流传。

放下商业思维，忘记市场需求、获客成本等并无长久意义的盘算，回到我们出发时的初衷：我们为何而来？我们欲往何处？我们只做能够千载流传的好东西。

于是在大语文这个儿子步入青春期之时，我们有了新的憧憬，可以命名为"新五大梦想"。第一，创作完成整套大语文系列丛书，囊括校内学习、文学文化、写作技巧、课外阅读、非母语者的汉语学习等诸多内容，为语文教育和中国文学文化推广普及做出些微贡献。第二，以教育的视角，制作一部部精良的动漫剧集或真人影视剧，使千年来文学文化史上的关键信息和核心内容得以"大河小说"一般地记录。第三，以教育的视角，建立一个个还原各朝代各国家的互动式文化体验馆，以浸入式话剧及其他高科技交互方式，使孩子们能够生动浸入体验大语文课本中讲述的各个时空场景。第四，研发一系列语文学科的人工智能学习工具，使学生在学语文时遇到的绝大多数问题能够得以低成本、高精度解决。第五，牵头制定一项标准，该项标准能将所有汉语使用者（包括母语学习者、华裔非母语学习者、其他族裔非母语学习者、使用汉语的计算机软件）的汉语水平（尤其是对汉语背后的文化认知水平）在同一体系内进行评价。

又是一粒愿望的豆子种下去，遥望，又是数十年。不知又一个或几个十二年之后，我们这个队伍能否将"新五大梦想"一一实现。有了"回归率真、淡泊功利，生动的文化才能够成就千载流传"这样的"大语文精神"，我也衷心希望大语文团队能够永秉对语文教育的赤诚之心，将这星星之火种永传下去，不论熊熊烈焰或微弱火苗，皆然。

所幸，多年前我的几位学生，也已陆续加入了大语文战队，看来当年埋在他们少年时代的梦想种子已经发芽。种瓜得瓜，种豆得神。

小红豆喜欢绘画，她说她要和我合作画一本绘本。"会赚很多钱，然后送给你。"她说。我问："爸爸平时也不花钱，要那么多钱做什么呢？"小红豆一笑嫣然，她说："你可以用来制作更多的书啊！"

这真是种豆得神了。

窦昕
2019年8月于温哥华

阅读说明

TA这一辈子 再现作家的漫漫人生路,从大文豪的出身家世讲到临终之际。你想知道的名人趣事和八卦,这里应有尽有。

超级访谈 与重量级作家面对面交流,让名家亲自讲述动人的故事。我们耳熟能详的诗篇背后,是一把辛酸泪还是没心没肺的大笑?答案就在《超级访谈》!

特别推荐 《超级访谈》还没看过瘾?《特别推荐》继续由名人为你讲解他的得意之作或者其他大家的千古名篇,揭秘创作背景,透析作品灵魂!

文苑杂谈 深挖作者、作品之外的文学知识。古人怎么取名和字?诗词中曝光率最高的楼阁有哪些?读完《文苑杂谈》,你就是文学常识小百科。

欢乐谷 轻松一刻,用搞笑的四格漫画调侃作家或作品。嘘!千万别笑太大声,不然旁边的人还以为你读书读傻了呢!

七嘴八舌 作家的好朋友怎么评价他?作品中提到的人也有话要说?听大家七嘴八舌聊一聊,从不同的角度了解作家和作品。

目 录

《诗　经》　几千年前的流行歌曲 / 7

"五　经"　古老文献大聚会 / 25

　管　仲　　一代生意人的成功逆袭 / 43

　晋文公　　想当君主怎么这么难 / 63

　晏　子　　一当官就是五十多年 / 83

　老　子　　见首不见尾的神龙 / 99

孔　子　　我是大圣人 / 113

孙　武　　万里挑一的军事狂人 / 131

《国　语》　到底是谁写的 / 147

《左　传》　名字特别多的历史书 / 165

春秋文坛

在中国历史上,有记载的第一个朝代叫夏朝。夏朝灭亡以后,紧跟着出现的就是商朝和周朝。周朝建立的时候,周天子为了坐稳王位,就正式实行了分封制,也就是把土地分给功臣、王亲等人,让他们当各自封地的老大,给他们很大的权力。不过,一旦君主有什么事儿,他们必须带兵保护君主。

周朝有一个叫周幽王的君主,他特别宠爱自己的妃子褒姒,还把本来的王后申后废掉,让褒姒当了王后。申后的父亲申侯很生气,干脆就联合西边一个叫犬戎的少数民族攻打周幽王,在骊山下把他杀死了。国家哪能没有君主啊,于是,申侯就和诸侯们联合,把周平王推上了王位。

周平王继承王位后,把都城迁到了洛邑,也就是现在的洛阳。因为之前的都城镐京在西边,所以之前的那段历史时期就叫西周;而洛阳在东边,所以周平王继位以后的这段历史时期就叫东周。

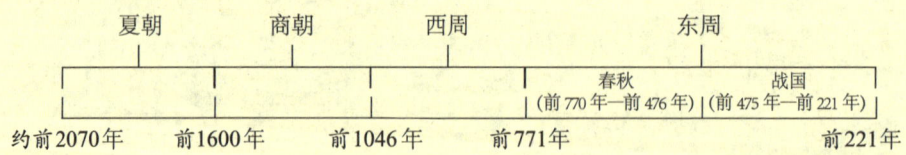

东周时期，周天子力量衰弱，而诸侯们的势力已经很强大了，他们互相之间争来斗去，都想做霸主。随着诸侯们争霸进程的展开，东周又被分成春秋和战国两个时期。

春秋时期，诸侯国之间互相征伐，战争频繁，相继出现了五位霸主，被称为"春秋五霸"①。据史书记载，春秋时期有三十多位君主被杀、五十多个诸侯国被灭，大大小小的战争有五百次左右，几乎每年都会发生一两次战争。

这样剧烈的社会动荡导致春秋时期的文学发生了很大变化，其中最主要的变化有两个。

史传散文

在夏、商、西周时期，人们还比较迷信，鬼神的地位很高，所以当时负责祭祀、治丧等与鬼神沟通之事的巫觋（xí）的地位也就很高，他们成了文学的创造者。他们在祭祀时唱的韵文、歌谣，就是中国早期诗歌的萌芽。

东周时期，倡导忠君爱国的礼乐文化成了主流，人

---

① 春秋五霸：关于春秋五霸，有几种不同的说法，其中最主要的有两种，一种是齐桓公、晋文公、宋襄公、秦穆公、楚庄王；另一种是齐桓公、晋文公、楚庄王、吴王阖闾、越王勾践。

类社会和人本身的地位得到了肯定，鬼神地位下降，巫术宗教文化也就渐渐衰落，再也不能为人们指引方向了。在风云突变的变革时代，没有了宗教信仰的指引，人们开始寻找另一种指引，终于他们把目光定在了历史上。从前人的经验和总结中寻找当时社会问题的解决方案，也出于为后人提供些许经验教训的考虑，史官们的宗教职责迅速淡化下去，开始记载历史与现实，也就出现了所谓的"史官文化"，对历史的研究就兴盛起来了。

春秋时期，各国都有了自己的史书，鲁国的《春秋》就是其中非常有名的一本，后经过了孔子的修订，表达了孔子的社会理想。到春秋末期，《左传》和《国语》相继出现，它们继承了《春秋》的现实精神和表现手法，把史传散文推到了顶峰。

说理散文

西周时期的教育是"学在官府"，也就是只有贵族才有接受教育的权利，平民老百姓是不可能接受教育的，所以西周时期文学的主要创作者都是贵族。

到了东周时期，社会更加动荡，上层贵族的地位慢慢下降，而平民老百姓的地位逐渐上升，这么一来，就出现了一个新的阶层，叫"士"。随着贵族阶层的没落，教育自然也就从官府扩展到了民间，出现了"学在民间"的现象。有不少人开始聚众讲学，文化知识就从贵族手里转移到士人手里，士的地位大大提高，推动了学术文化的发展。

当时，各个诸侯国都想壮大自己的实力并纷纷进行改革，所以很多士人转而研究治国方法，构建出各种各样的社会理想，形成了不同的学派，想让各国君主采用自己的治国理念。他们写了许多著作，比如《论语》《老子》等。《论语》中蕴含的儒家思想后来成了中国传统文化的基石，《老子》中的"无为而治"的社会理想也深深影响着中国人的思维。

各家学派代表着不同阶层、集团的利益，他们议论时政，发表看法，在春秋战国时期形成了中国文学史上"百家争鸣"的盛况。这时候的文学作品不管是精神还是风格都和谐典雅，成为后世的典范。

除了诸子以外，春秋时期还诞生了中国最早的一部诗歌总集——《诗经》。它是中国古代诗歌的开端，也是中国现实主义诗歌的杰出作品。它收录了三百多篇诗歌，反映了从西周初年到春秋中叶大概五百年的社会面貌，具有很高的文学地位。

《诗经》
几千年前的流行歌曲

别　　名：《诗》《诗三百》
内　　容：《风》《雅》《颂》
收录范围：西周初年至春秋中叶

《诗经》是什么

《诗经》可算是中国古代诗歌的老祖宗,是中国历史上最早的一部诗歌总集。因为它收集了很多民歌,反映了当时人民的社会生活,所以它也是中国现实主义诗歌的源头,连后世的唐诗都受到了它的影响。

本来不叫《诗经》

《诗经》本来可不叫这名儿,它原来叫《诗》,又因为它有305首诗,所以又叫《诗三百》。据说,《诗经》原本有很多诗歌,但因为这些诗歌有不少重复、错乱的,所以孔子他老人家就把这些诗歌整理了一遍,最后总结出来了305首诗。

西汉时期,汉武帝特别推崇儒家思想,就发布了一道命令,即"罢黜百家,独尊儒术",意思就是说,别的学派的思想他都看不上,只有儒家思想才是最正统最牛的。这么一来,被孔子整理过的《诗》就成了儒家的经典作品,成了"五经"之一,也就改了个名字,叫《诗经》了。

《诗经》的组成部分

《诗经》是中国文学史上地位最高的一部诗集,它有三个部分,分别是《风》《雅》《颂》,但这三个部分不是一起出现,不是一起形成的。

西周时期,周天子和王室成员祭祀祖先或者向神明祈求丰收平安的时候,往往要演奏乐曲,这些乐曲慢慢地被记录下来,就是《颂》。东周时期,才加入了另外两个部分——《风》《雅》,组成了《诗经》。

《诗经》的小弟们

《诗经》是西周时期出现的，使用的自然也是那时候的语言，其中有不少字词的意思在后世发生了变化，久而久之，《诗经》里就有了不少难以理解的句子。为了帮助人们理解《诗经》，出现了很多给《诗经》注释的著作，就像是《诗经》自带的小弟一样。

西汉时，有三个人的注释特别有名，分别是鲁国的申培、齐国的辕固和燕国的韩婴，他们对《诗经》的解释被称为"三家诗"。当时还有另外两个人，分别是鲁国的毛亨和赵国的毛苌（cháng），他们对《诗经》的解释也很有名，被称为"毛诗"。

到东汉时，一个叫郑玄的人又在"三家诗"的基础上为"毛诗"做了注释，他的注释被称为"郑笺"。后来，"郑笺"逐渐得到人们的认可，"三家诗"就慢慢衰落了。

到了唐代，唐太宗又命令孔颖达为《诗经》重新注释，即《毛诗正义》，并规定其为由官府颁布的官书，相当于咱们现在的教科书。南宋时期，大学者朱熹认为《诗经》是学习儒家思想最重要的教材，希望人们能够通过熟读《诗经》来明白美丑善恶，所以他也为《诗经》作传，即《诗集传》。

圣人给我讲《诗经》

李白：哇,孔子,遇见您真不容易呀。圣人,机会难得,我能问您一个问题吗?

孔子：哟,这不是"诗仙"李白嘛,你怎么来这儿啦?有什么问题尽管问,我保证知无不言,言无不尽!

李白：因为我是一个诗人,可能是职业的缘故,我比较关注历代的诗歌作品。《诗经》呢,是中国古代诗歌的开端,也是最早的一部诗歌总集,其中的诗歌大部分都是西周初年到春秋中叶时创作的。读了这么多美丽的诗歌,我真是羡慕嫉妒恨,虽然"一代有一代之文学",但这些诗写得真是很棒呀,我怎么写都比不上。《史记》《汉书》都说《诗经》的编纂与流传和您有关,您能给我讲讲《诗经》这本书的故事吗?

孔子

你可是"仰天大笑出门去"的李白呀,作为"诗仙",你怎么能问我这样的门外汉呢?我只是个教学生念书的老师,又不是作家,更不是诗人。你问这样的问题,真是问错人啦。

李白

您看您看,您还是老师呢。我作为学生,特意来请教您问题,您平时就是这样回答学生的吗?哼,我有点怀疑您是不是一位称职的老师。您说您跟《诗经》没关系,那为什么《史记》说您曾经编纂过《诗经》呢?

孔子

不愧是李白,真是牙尖嘴利,我服了。说实话,我与《诗经》真的没有什么特别的故事。如果说我与《诗经》有点渊源的话,那就是我晚年时曾经整理过《诗经》。《史记》《汉书》里说我删《诗》,根本就是胡说嘛!

李白

哦,原来是这样啊。不过,我读《论语》,看您经常提到《诗经》里面的内容。您能跟我说说,您教学生《诗经》的时候,有什么心得吗?

孔子

嗯嗯,是呀是呀,我在《论语》中的确提过与《诗经》有关的内容,你一提教学的事情,我就感兴趣。真看不出来,你很会聊天呀!那我就好好跟你讲一讲吧。比如《八佾篇》中说"**《关雎》,乐而不淫,哀而不伤**",也是在说《诗经》的风格是快乐却不会没有节制,悲伤却不至于太过。就好比你要是中了五百万的大奖,那你可以很高兴,却要把握好高兴的程度,要是太高兴犯了心脏病,那可就得不偿失,算是"乐而淫"了。同样地,遇上什么伤心事,比如失恋了,那你大哭一场颓废几天也就算了,要是伤心到要自杀,就是我所说的"哀而伤"了。《泰伯篇》中说"**兴于诗,立于礼,成于乐**",也就是说人的修养开始于学《诗》,自立于学《礼》,完成于学《乐》。可见,《诗经》在我们的成长过程中,也是非常重要的。

李白

哇,不愧是老师呀,教学经验真是丰富,一谈起教学来就滔滔不绝。看样子,您在《诗经》上的确下了很大功夫,有这么多独到的心得。可惜我性格散漫,一有高兴的事,就"仰天大笑出门去",没有您读得扎实,看来,还是得向您学习啊!

因为爱情

　　《诗经》分为《风》《雅》《颂》三部分，内容丰富、题材广泛，可以说是令人惊叹。要说其中流传最广、大家最熟悉的，非爱情诗莫属了。如果你一定要问我"为什么"，我只能回答"因为爱情"。

　　爱情的确是文学作品中永恒的话题，但凡有艺术的地方，大概都能出现爱情的影子。像诗歌这种语言的艺术，与爱情捆绑得就更加紧密了。

　　古代读书人都是要熟读《诗经》的。《论语》里面有个故事：有一次，孔子看见他儿子孔鲤，就问他："你学过《诗经》吗？"孔鲤回答说："没学过。"孔子说：**"不学《诗》，无以言。"** 孔鲤就乖乖回去读《诗经》了。在中国古代，《诗经》是人与人之间沟通的桥梁，人们往往用它来传递情感，甚至在两国使者相见时，也都是要吟《诗》的。人类的情感中，爱情是最重要的一种，写进诗歌里，就变成了那些耳熟能详的美丽的句子。比如《关雎》：

关关①雎鸠②，在河之洲。

窈窕③淑女，君子好（hǎo）逑④。

参差荇菜⑤，左右流之。

窈窕淑女，寤（wù）寐（mèi）求之。

求之不得，寤寐思服。

悠哉悠哉，辗转⑥反侧。

参差荇菜，左右采之。

窈窕淑女，琴瑟友之。

参差荇菜，左右芼⑦之。

窈窕淑女，钟鼓乐之。

关关鸣叫的雎鸠鸟，成双成对地栖息在河中沙洲上。贤良美丽的少女，是年轻小伙优秀的配偶。长长短短的荇菜，左右细心采择。贤良美丽的姑娘呀，小伙子时时刻刻都想着追求她。追求没有成功，无时无刻不在想念。思念之情绵延不断，翻来覆去不能安眠。长长短短的荇菜，左右细心采择。贤良美丽的姑娘呀，要用琴声陪伴

---

① 关关：和鸣，鸟叫声。
② 雎（jū）鸠（jiū）：一种水鸟。
③ 窈（yǎo）窕（tiǎo）：女子文静而美好的样子。
④ 逑（qiú）：配偶。
⑤ 荇（xìng）菜：多年生草本植物，生于淡水湖泊或池沼中。
⑥ 辗（zhǎn）转：翻来覆去的样子。
⑦ 芼（mào）：择取，挑选。

着她。长长短短的荇菜，左右拔取。贤良美丽的姑娘呀，敲打起钟鼓想办法让她高兴。

看看，古人多么热情啊！除了这篇，还有很多，再说一首叫《子衿》的：

> 青青子①衿②，悠悠③我心。
> 纵我不往，子宁④不嗣音⑤？
> 青青子佩，悠悠我思。
> 纵我不往，子宁不来？
> 挑兮达⑥兮，在城阙⑦兮。
> 一日不见，如三月兮。

相比《关雎》，这首诗更直白些，是写一位女子在城楼上等待她的恋人。"青青的是你的衣襟，悠悠的是我的心。即便我没有去找你，难道你就不能给我捎个信吗？你的玉佩系着青带，我对你的思念悠悠无尽。即使我没去找你，难道你就不能过来看看我吗？走来走去空张望啊，在城楼上面等我的郎呀！一天不见你的面呀，仿佛已经有三个月那么长啊。"

不过，《诗经》中除了这些美好的爱情故事之外，也有一些不尽如人意的爱情故事，比如说《氓》这一篇，

---

① 子：对男子的美称，这里指"你"。　② 衿：衣服的胸前部分。
③ 悠悠：忧思深长不断。　　　　　④ 宁：难道。
⑤ 嗣（sì）音：传音讯。　　　　　⑥ 达（tà）：独自来回走动。
⑦ 城阙：城门楼。

特别推荐

就讲了一个女子从恋爱、结婚到被抛弃的过程。这位女子起初爱得非常甜蜜,"乘彼垝垣,以望复关。不见复关,泣涕涟涟。既见复关,载笑载言。"就是说她常常登上断壁残垣,等待自己的爱人,见不到爱人的时候,会心急地哭出来,见到爱人的时候,就会又说又笑,开心得不得了。可是,等到她嫁给爱人之后,就过着"三岁为妇,靡室劳矣。夙兴夜寐,靡有朝矣。言既遂矣,至于暴矣"的日子,也就是讲述她做了多年的妻子,家里的活儿全部都得干,每天早起晚睡,根本没有休息的时候;心愿得到了满足,丈夫开始变得凶恶残暴。在这样的情况下,这名女子日夜痛哭,最终决定离婚!她对丈夫说"及尔偕老,老使我怨",也就是说"我本来是想

和你白头偕老的,但现在和你相伴到老反而会使我怨恨,我们还不如算了吧。"

因此,《诗经》中这些关于爱情的诗所描写的情感虽然并不全都是完美的,但它们都有一个共同的特点,就是直白。不管是《关雎》里小伙子对姑娘的执着爱恋,还是《子衿》里女子对男子的期望,或是《氓》里妇人对丈夫的怨恨不满,都被直截了当地表达出来,这和中国古代文学里的含蓄美可大不一样。当然,《诗经》里的爱情诗之所以有这样的特点,和《诗经》中大部分诗都是民歌是分不开的。

风雅颂与赋比兴

提到《诗经》，古代有所谓的"六义"。"六义"又可以分为两类，一类是"风雅颂"，一类是"赋比兴"。可是，说来说去，它们六个到底都是啥东西呢？且听我慢慢道来。

"风雅颂"，就是三类诗歌形式。"风"，是指不同地区的地方音乐，就像现在的民歌一样。《诗经》中《风》指的是《国风》，也就是周南、召南、邶、鄘、卫、王、郑、齐、魏、唐、秦、陈、桧、曹、豳十五个国家的民歌，一共160篇。《国风》的内容十分丰富，歌颂爱情、描写苦旅、思念亲人……我们最熟悉的《关雎》就是《国风》中《周南》的第一篇，"窈窕淑女，君子好逑"是其中人人都知道的句子。

"雅"，是周王朝直接管辖地区的音乐，相当于都城的音乐，多用于宫廷饮宴或朝会。《诗经》中的这部分有105篇，其中《大雅》31篇、《小雅》74篇。那么，《大雅》和《小雅》有啥区别？有没有《中雅》呢？南宋大学者朱熹就说了："正《小雅》燕享之乐也，正《大雅》会朝之乐也。"就是说，《小雅》是举办宴会时用的乐曲，《大雅》

则是朝会时用的乐曲。

"颂",是宗庙祭祀的音乐与舞曲歌词,内容大都是赞美神灵、歌颂祖先功业。所以,相比"风""雅","颂"就显得较为空泛玄妙,简单来说,就是听不太懂。《颂》分为《周颂》《鲁颂》《商颂》,分别是31篇、4篇、5篇,一共40篇。在这部分内容中,也有我们很熟悉的句子,比如《卷耳》中的"采采卷耳,不盈顷筐"。

"赋比兴"是《诗经》中的三种艺术表现手法,一直影响着历代诗歌创作。朱熹也对"赋比兴"进行了解释,"赋者,敷陈其事而直言之也",就是铺陈叙述、直截了当地描写。《诗经》中有不少诗歌用到了"赋"的手法,比如《静女》"爱而不见,搔首踟蹰",说一个男孩子去见他喜欢的人,等了好久那个人都没有来,男孩子等得心急，又是挠头又是踱步，这就是具体的描写。朱熹还说："比者，以彼物比此物也。""比"就是我们常说的比喻。比如《硕人》中形容一个女孩子，就说她"手如柔荑，肤如凝脂"，手就像柔软而白嫩的茅草芽儿，皮肤就像凝住的油脂。哇，这么美，要是在现在，绝对是大明星啊。朱熹还说了："兴者，先言他物以引起所咏之辞也。"也就是说，"兴"就是指写诗的时候不好好写要写的东西，反而先写别的事物，绕一个大圈子再转回来写自己本来要写的事物。比如大家都知道的《关雎》，本来是写男子追求心爱的女子，却偏偏要在开头写一种"关关"地叫着的名叫雎鸠的鸟儿，然后才开始写这男子追求心爱的女子的心情。

七嘴八舌

李 白

我真是好羡慕啊,《诗经》里的每一句都比我写得好。我还是"仰天大哭出门去"吧!

孔 子

我只不过将《诗经》当作教材,教孩子们念书,为什么都说《诗经》的编纂与我有关系呢?

雎 鸠

你们谈恋爱就谈恋爱呗,干吗要提我呢?还不给我出场费,过分!

来听故事吧

23

"五经"

古老文献大聚会

来　源：孔子及其弟子编订前人所写的书而成
内　容：《诗经》《尚书》《礼记》《周易》《春秋》
地　位：我国古代儒家的主要经典

"五经"概览

"五经"是我国保存至今最古老的文献,也是我国古代儒家的主要经典。它常常和"四书"并称,一同记载了我国早期思想文化发展史上政治、军事、外交、文化等各个方面的史实资料,是中国古代文学当之无愧的精华。

为啥要把五本书放一块

"五经"是《诗经》《尚书》《礼记》《周易》《春秋》这五本书的合称。明明是五个不同时代、不同的人写的书,看起来也没什么关联,为什么偏偏要把这五本书放在一块呢?其实,"五经"这个名字是从孔子那里来的。

孔子虽然被后世称为至圣,但他一直有两个偶像——贤德的君主尧和舜。尧舜在位的时候,天下很和平,百姓每天生活得很安稳,但孔子生活的那个时代经常发生战争。为了有一个更好的社会环境,让百姓们每一天都能平静地生活,孔子就把古代的这五本很重要的书重新编订了一次,让当时的人都能读懂,更希望能够通过这五本书来感化君主、教育人民。其实,本来孔子编订的是"六经"，也就是六本书。除了现在我们看到的"五经"，还有一本叫《乐经》。但后来《乐经》失传了，就只剩下五本书。

"经"是什么意思

看到这里你一定想问，五本书放一起，为什么叫"五经"啊？不应该叫"五书"吗？那你要知道，可不是所有的书都能叫"经"，这可是一个荣誉称号！能叫"经"的书，都是很厉害的，要么能成为社会的行为守则，要么是某一方面特别厉害的专著。当时有句话说："**春、秋教以礼乐，冬、夏教以诗书。**"也就是说，春天和秋天，要教学生读《礼记》《乐经》，冬天和夏天要教学生读《诗经》《尚书》。这就能看出"五经"的重要性了！五本书中有四本都被选为周朝的教科书，另一本《周易》没被选为教科书，可不是因为它不厉害，而是因为太厉害了，一般人都读不懂。

啥？还有外号

知道了"五经"是什么书，那你知道什么是"范经""壁经"吗？其实，这也是指"五经"或者其中的一本书。唐朝的大文学家韩愈在他的文章《进学解》里评价《诗经》:"**《诗》正而葩**"。《诗经》正统又华美,于是《诗经》就有了个别名,叫作"葩经"。"**《书经》者,孔壁藏书也**"讲的是汉武帝时期的鲁恭王想霸占孔子故居,在拆墙时,墙壁的夹洞中出现了一批竹简,同时天空中传来一阵庄严的钟磬之声。这些掉落的竹简包括《尚书》《孝经》等,它们被称为"壁经"。"**相传伏羲始作八卦**。"《周易》相传是伏羲写的,所以就有了个别名叫"羲经"。《礼记》呢?传说整理《礼记》的是西汉

学者戴德和戴圣叔侄二人，因此《礼记》还有个名字叫"戴经"。至于《春秋》，相传孔子在删订《春秋》时，正好有人捕获了一只怪兽而送来给孔子看，孔子一看就开始流泪，叹气说："这是麒麟啊！麒麟啊，你到这个乱世来干什么呢！"于是，孔子不再删订《春秋》。两年后孔子逝世，《春秋》也就被后人称为"麟经"。

我得考考你

孔子: 前辈!前辈!等等我!

姬昌: 哦?你是谁?

孔子: 哎哟,累死我了,您走得可真快。我是孔子,您可能不认识我,但我可崇拜您了!您写的《周易》可真是厉害!前两天我刚读完,并且给《周易》做了注解,放到了"六经"里头。

姬昌: 哦?"六经"?那是个什么东西?

孔子: 是这样的!我这不是退休了吗,在家待着也没啥事做,就给《诗经》《尚书》《礼记》《周易》《春秋》《乐经》这六本书都做了注释,并把它们放在了一起,取名"六经"。哦,对了,其实现在已经叫"五经"了,《乐经》失传,我也不知道这书被丢到哪儿去了。

这样啊！那我真得感谢你，让更多人知道了我写的《周易》。只是，这"五经"有什么用处啊？干吗还要花工夫把它们编订起来呢？

姬昌

孔子

我是这么想的：一个优秀的人，应该有六种美好的品德。那么六种美好的品德从哪来呢？就从这"六经"中来。我认为啊，"**《礼》以节人，《乐》以发和，《书》以道事，《诗》以达意，《易》以神化，《春秋》以义。**"《礼记》可以让一个人节制欲望，《乐经》能让一个社会变得更加和谐，《尚书》能记载故事，《诗经》能传达情意，《周易》能给人上天的教导，《春秋》能让人明白大道理。"**其为人也温柔敦厚，《诗》教也；疏通知远，《书》教也；广博易良，《乐》教也；洁静精微，《易》教也；恭俭庄敬，《礼》教也；属辞比事，《春秋》教也。**"读《诗经》会让人变得温柔敦厚，读《尚书》会让人通情达理且有远见卓识，读《乐经》会让人变得大度、平易善良，读《周易》会让人变得心志纯洁且有一颗敬畏的心，读《礼记》会让人变得恭敬检朴、谦逊庄重，读《春秋》会让人在遇到事情的时候可以正确地去处理。

不错不错，看来你的确对我写的书有过一番研究啊！真可惜，《乐经》这本书已经丢失了，只有剩下的"五经"能被后人看到了。如果有个人，他读了太多《诗经》，温柔过了头，变得有点笨了；有个人读《尚书》走火入魔，知道了太多的知识，变成了一个很骄傲自负的人。出现类似这种情况，可怎么办啊！

姬昌

孔子

那一定是他读经典读得不够明白！"其为人温柔敦厚而不愚，则深于《诗》者也；疏通知远而不诬，则深于《书》者也；广博易良而不奢，则深于《乐》者也；洁静精微而不贼，则深于《易》者也；恭俭庄敬而不烦，则深于《礼》者也；属辞比事而不乱，则深于《春秋》者也。"真正读懂《诗经》的人，虽然很温柔但不会变得愚蠢；真正读懂《尚书》的人，就算他知识再多也不会偏信；真正读懂《乐经》的人，见识广博、性情良好而不奢侈；真正读懂《周易》的人，纯净精巧而不伤害天道；真正读懂《礼记》的人，对待一切都很恭敬而不会感到烦琐；真正读懂《春秋》的人，能够把自己遇到的麻烦妥善处理且遵守秩序。

这确实是读懂经典的最佳状态,你是真正读懂的人。

 承蒙夸奖!经典作品的魅力实在令人享受。如果真正读懂,人就不会显得很过头,为人处事总是在一个适当的"度"之中。这和我提倡的"中庸"的道理还有几分相似呢!

哈哈哈!不错不错,后生可畏啊!

特别推荐

"五经"都讲了啥

唉,这编订"五经"的活儿可真难啊,心累!算了算了,让我暂且休息一下,看看我编订的成果吧。

那就先从《诗经》看起吧。让我来翻翻,翻到哪篇就看哪篇。《国风·女曰鸡鸣》,这篇不错:

> 女曰鸡鸣,士曰昧旦。
> 子兴视夜,明星有烂。
> 将翱将翔,弋凫与雁。
> 弋言加之,与子宜之。
> 宜言饮酒,与子偕老。
> 琴瑟在御,莫不静好。
> 知子之来之,杂佩以赠之。
> 知子之顺之,杂佩以问之。
> 知子之好之,杂佩以报之。

这诗我喜欢!妻子说:"鸡都打鸣了,快起床!"丈夫说:"还早呢,让我再睡会儿。你看天空的星星还是亮晶晶的,鸟儿正好在空中飞,我去射下来一些,回来我们一起吃。"嘿!丈夫挺厉害,还真射到了猎物,妻子把它炖了,做成了美食,俩人喝点小酒,再一起去弹会儿琴。丈夫深知妻子对自己"来之""顺之""好之",便解下杂佩"赠之""问之""报之"。

这小生活过得也太好了,我孔丘看不下去了!我就再去翻一翻《尚书》。《尚书》可跟《诗经》不一样。《诗经》大部分都是老百姓记载自己的生活,《尚书》则都是跟朝廷有关的大事儿,可得好好琢磨。"**克明俊德,以亲九族。九族既睦,平章百姓。百姓昭明,协和万邦。**"这是啥意思……让我去查查……噢!原来是这样!这句话是夸赞尧发扬才智和美德,让家族和睦;家族和睦以后,他就去辨明其他各族的善恶;其他各族的善恶辨明了,他就能使各诸侯国协调和顺。看看,这话说得多么的正直、高尚,不愧是《尚书》!

至于《周易》,有人觉得《周易》就是古代的一本算命书而已,老是记载些吉啊凶啊的,没什么意思,那就大错特错了。其实,早期社会生产力低下,对于很多事情和现象,人们无法解释,便以为世界上存在一个支配万物的至高无上的神。而《周易》最能体现神意,是中华文明的活水源头。因为其内容太过深奥,能读懂的人少之又少。

我们再来看看《礼记》。看名字就知道,这书主要是记载古代的一些礼仪,内容详细,包罗万象。这里头写孟春之月,也就是从立春到惊蛰,是这么写的:"**东**

风解冻，蛰虫始振。鱼上冰，獭祭鱼，鸿雁来。"孟春时节，东风吹来，天气没有那么冷了，冰冻化解了，冬眠的动物也开始了它们的活动。鱼从深水里游到了冰面下的位置；水獭呢，也追赶着鱼，像要举行鱼祭一样；鸿雁从南方也飞回来了。这场景好像活生生地出现在了我眼前！《礼记》连这都写得这么详细，我日后可得好好读读！

最后，翻开《春秋》。这可是本史书，估计要比那几本有意思一点。"郑伯克段于鄢。"嗯？这就完了？六个字？这也太短了吧！不过，据说《春秋》里有种"春秋笔法"，就是用一两个字来说明作者的情感。让我琢磨琢磨啊……我懂了！细细看这个"克"字，这个字用于描述战争的时候，特指正义的一方打败了邪恶的一方，也就是说，作者是站在郑伯这一边的，认为郑伯是正义的。啧啧，《春秋》写的故事真是看起来不起眼，却暗含着大问题啊！

让我也休一天假吧！

"五"——一个神奇的数字

在中国古代,"五"可是一个奇妙的数字,有很多相关的词语,比如:五福临门、五行、五常、五色等等。那么,这些词儿都是什么意思呢?

五行——金、木、水、火、土——最早出现。五行学说是中国古代的一种物质观,多用于哲学、医学和占卜领域,而金、木、水、火、土是构成大自然的五种要素。随着这五个要素的盛衰,天地万物才发生变化。五行是互相克制又互相依存的,是一个整体的系统。

仁、义、礼、智、信五种美德,被儒家称为"五常"。孔子首先提出"仁、义、礼"。孟子又把它们延伸了,加了一个"智"上去,变成了"仁、义、礼、智",认为这是一个人应该拥有的四种美好品德。董仲舒又把孟子的说法扩充,就变成了"仁、义、礼、智、信",也就是我们现在说的"五常"。"五常"在今天也是我们判断一个人品德的主要参照。

"五福"一词最早是在《尚书·洪范》中提出的:"一曰寿、二曰富、三曰康宁、四曰攸好德、五曰考终命。"后来,"五福"也有了变化,比如东汉时期的桓谭把第五

条"考终命"改成了"子孙众多"。在今天,"五福"代表五个吉祥的祝福:寿比南山、恭喜发财、健康安宁、品德高尚、善始善终。这样的五个祝福也就蕴含了对一个人一辈子的最好的祝福了。

"五色"指的是青、黄、赤、白、黑五种颜色,后来有人发现,用这五种颜色能调制出这个世界上所有的颜色,也就用"五色"来指代各种色彩了。有学者曾经说过**"五色,东方谓之青,南方谓之赤,西方谓之白,北方谓之黑,天谓之玄,地谓之黄。"**意思就是说,东方是青色,南方是红色,西方是白色,北方是黑色,天是黑色,地是

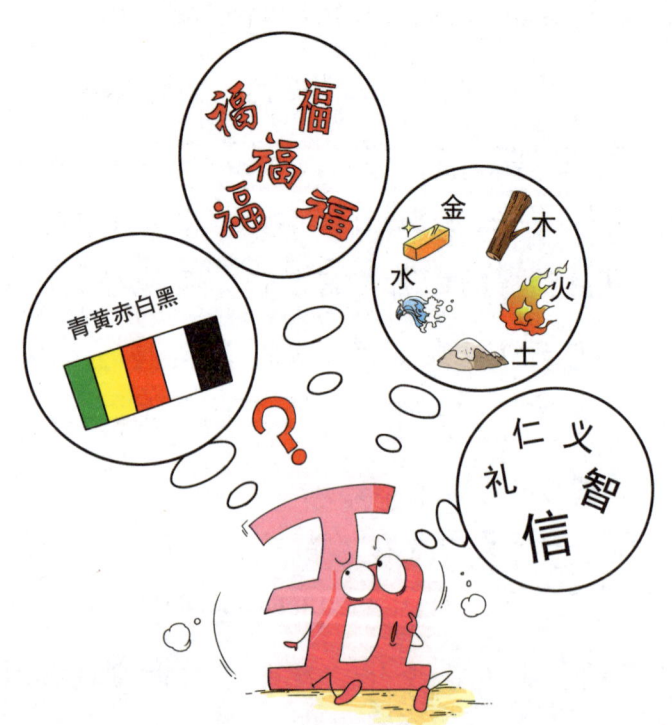

黄色。这样就把每个方向都用颜色表示出来了。

  就连今天我们也喜欢用"五"这个数字来给一些厉害的东西取名。比如将东岳泰山、南岳衡山、西岳华山、北岳恒山、中岳嵩山统称为"五岳";把宫、商、角、徵、羽统称为"五音"。

七嘴八舌

孔　子：呼——编订这五本书，可把我这一副老骨头累坏了！

喷喷，孔子这小子，挺不错啊！
姬　昌

孟　子：我可得好好写书，争取赶上我的男神孔子。

来听故事吧

管　仲

一代生意人的成功逆袭

约公元前 723 年—公元前 645 年，姬姓后代，管氏，名夷吾，字仲

称　号："法家之驱""圣人之师"
　　　　"华夏第一相"

籍　贯：颍上（今安徽省颍上县）人

代表作：《管子》

TA这一辈子

管仲这辈子

管仲是中国历史上有名的贤臣，辅佐齐桓公促进了齐国的改革，使齐国国力大增，使齐桓公成了春秋五霸之首。由于他对齐国的贡献实在太大了，齐桓公十分尊重他，还尊称他为"仲父"，相当于父亲的弟弟，是自家的长辈。可见，管仲的地位有多高。

会"算账"的军师

古代的军师都是有许多好点子的人，能把军队指挥得很好，让自己的军队打好每一场仗，比如三国时期的诸葛亮，就是非常著名的军师。管仲也是军师，但管仲和一般的军师不一样，他是商人出身，所以他很会算账，是一个会"算账"的军师，常常不用军队上场就能把对手击败。他是怎么"算账"的呢？让我们一起看看吧！

一次，齐桓公想出兵攻打楚国，但楚国毕竟实力不弱。齐桓公比较犯愁，就问管仲："听说楚国的老百姓一个个都会格斗，这么厉害的国家，我们估计打不赢。一个楚国都打不赢，我们还怎么在诸侯国中称霸呢？"

管仲微微一笑，说了一句："买鹿吧！"

齐桓公听得一头雾水，但还是采纳了管仲的建议，在齐国和楚国交界处派人买楚国的鹿。楚人见状，便把鹿的价格提升了几十倍。齐桓公有些心疼钱，但还是支持管仲的做法。楚王一看齐国这么喜欢买鹿，就把鹿纷纷卖给齐国，想换来齐国大量的金钱。

管仲还放消息出去："能一次性卖给我二十头鹿的，赏赐一百两黄金！"楚国的老百姓一看，想致富，先卖鹿啊！大家不种田不干活，纷纷跑到山上抓鹿去了。这样一来，楚国的粮食产量大大减少了。就在这时，管仲又悄悄在楚国投放了一些齐国囤积下来的粮食，把这些粮食高价卖给楚国百姓们，把买鹿的钱给赚了回来。

齐桓公看不懂这一系列操作，不知道这和打败楚国有什么关系，就去问管仲。管仲却说："这下我们可以攻打楚国了，只要我们不卖给楚国粮食，楚国人没有吃的，就只能向我们投降了。"果然，齐国停止出售粮食，楚国的米便越来越贵，连楚王都派手下四处买米吃，楚国国力也是一天不如一天。最后，楚国只好投降，同意听从齐国的号令。就这样，管仲不费一兵一卒就拿下了楚国。

管仲"算账"这么厉害，不禁让人赞叹：不会"算账"的军师不是个好军师啊！

TA这一辈子

绝世好兄弟

管仲有个好朋友，名叫鲍叔牙，他俩的感情很好，鲍叔牙也总是让着管仲。

他俩年轻时一起做生意，管仲总是把赚的钱多分给自己，少分给鲍叔牙，鲍叔牙却从来不跟管仲生气。不光不生管仲的气，就连听到有人替自己打抱不平，鲍叔牙也要站出来替管仲说话。有人说管仲爱占小便宜，鲍叔牙就替管仲解释："管仲才不是一个贪财的人呢！那是因为他家条件不好，所以我故意多分钱给他。"

管仲三次上战场参战，但每次都从战场上跑了回来，

人们一看，都说这管仲贪生怕死，一点也没有大丈夫不畏牺牲的样子。鲍叔牙听到后，又解释："管仲可不是怕死，因为他家里有老母亲指着他供养呢，所以他得健健康康的才行。"

不光是日常生活中的小事，就连管仲在齐国当上宰相也是鲍叔牙向齐桓公推荐的呢！可以看出鲍叔牙对管仲有多好了。这么好的朋友，谁不想来一打呢！

我就是料事如神

管仲这人可真是料事如神，不仅能打许多胜仗，看人也很准。管仲临死之前，齐桓公去探望他，对管仲说："仲父啊，您这病看起来很严重啊，您有没有什么想对我说的话呢？"管仲见状，谦虚一番后，便对齐桓公说："我啊，老了，不中用了，只希望您能疏远小人。在我看来，易牙[①]、竖刁[②]、常之巫、卫公子开方[③]这几个人就是小人，您最好离他们远点儿。"

齐桓公听管仲这么一说，十分不理解，因为这几个

---

① 易牙：春秋时期一位著名的厨师，很受齐桓公宠幸。有一次，齐桓公随口说自己还从来没有尝过人肉的味道，易牙就把自己的儿子杀了给齐桓公吃。
② 竖刁：春秋时期齐国的宦官，为了表示对齐桓公的忠心，自行阉割。
③ 开方：卫国的太子。卫国被齐国打败后，他就到了齐国，成了齐桓公的宠臣。他为了表示对齐桓公的忠心，整整十五年没有回过家，父母去世也不回去奔丧。

人平时对齐桓公可以说是百依百顺,怎么会是小人呢?管仲却认为他们只是为了讨好齐桓公,才不惜抛弃自己最重要的东西,假装把齐桓公放在第一位的。所以,管仲在心中默默认定:他们的野心一定很大。齐桓公当时听管仲这么一说,也选择了相信管仲。不过齐桓公还是没扛住这几个小人的花言巧语,进了他们几个布下的圈套,最后死在了他们的手里。唉,谁让齐桓公不听管仲这个"神算子"的话啊!

快教教我怎么改革

商鞅

快快请坐!快快请坐!今日竟然能把您请来,真是让我家蓬荜生辉啊!和您坐下来喝一顿可一直是我的愿望啊,哈哈哈,赶紧倒酒来!

管仲

嗨,这话怎么说!你不用跟我谦虚,我都听说了,你最近在秦国的改革做得特好,说不定哪天就超过我这个老头子了呢!

商鞅

说来话长啊,我在秦国的改革多亏秦孝公的支持了,要是没有他,我这改革估计都推行不下去了。唉……我可真是太难了。

管仲

别着急啊,俗话说得好:"吃得苦中苦,方为人上人。"我做生意那几年,也吃了不少苦头呢,你要相信自己,一定可以克服这些小困难的!

超级访谈

商鞅

听您这么一说,我真是太开心了。不过我最近在改革上遇到了一些难题,您能帮帮我吗?

说来听听,能帮的我一定帮。

管仲

商鞅

那真是太感谢了!是这样的,我认为国家要想富强,就得让人民富裕,而让人民富裕,国家就得多多支持农业、打击商业。我为了国家富强发起改革,但是改革会牺牲掉一些贵族的利益,所以那些贵族就很不乐意,成天对我横鼻子瞪眼睛的,这可如何是好啊?

有秦孝公支持你,你暂时不用担心这些贵族,改革本来就是要满足大部分人利益、牺牲小部分人利益的嘛!不过我听你刚才说的这几句话和我的想法真是不谋而合。我写了一篇文章名为《管子·治国篇》,你可以看看,那里头说的就是这个道理。

管仲

商鞅

您的书我拜读过,但这一篇我还真没留意,您能先跟我说说您是怎么写的吗?

管仲

我写的这篇文章总共分为五段。文章的一开篇,我就写道:"**凡治国之道,必先富民。民富则易治也,民贫则难治也。**"要想治国,必须要让人民富裕起来,这跟你刚才说的一模一样。人民富裕了,国家就好治理;人民贫穷,国家就很难治理了。要让人民富裕起来,就得发展农业,这也正是我这篇文章的主题思想。接下来写的那些,都是为了说明这个主题的,既然你懂这个道理,我就不跟你啰唆了。

商鞅

我这人嘴笨,虽然明白重农抑商这个道理,但不管我怎么努力,那些农民还是没钱。我可真是没辙了,您再教教我呗。

管仲

好吧,其实很简单,我在《管子·治国篇》的第三段中就指出:"凡农者,月不足**而岁有余者也,而上征暴急无时,则民倍贷以给上之征矣。**"农民的收入按月计算总是不够,按年来算才能有余钱。但官府征税总是十分任性,说征税就征税。农民手里没

超级访谈

管仲

钱，只能去借商人的高利贷来交政府的赋税。这也就是农民总是没钱的原因了。除了政府的赋税，如果某一年的雨水下得不好，农民也得借高利贷来浇田。有这么多高利贷压在身上，农民咋能有钱呢？

商 鞅

是啊是啊，那可怎么办呢？

管 仲

要是君主有办法让从事不同行业的人都有差不多的收入，那农民就能专心从事农业，也富裕了。古代的先王就是这么做的："**故先王使农、士、商、工四民交能易作，终岁之利无道相过也。是以民作一而得均。**"古代先王认为，即使让农民、士兵、商人、手工业者互换职业，他们一年下来的收入也无法互相超过。给他们同样的利益，这样，农民就能不愁吃喝，好好种田了。"**农事胜则入粟多，入粟多则国富，国富则安乡重家。**"农民好好种田，国家就会生产出许多粮食，卖粮食又会得到很多钱，国家就会富裕，而国家富裕了，人民就会爱护自己的国家。

超级访谈

商鞅:　原来是这样啊！我明白了，听到您这一番教导，我觉得我又可以回去好好改革了！耶！

坚持到底就是胜利。你会带领秦国走向强大富足的。

管仲

商鞅:　希望能借您吉言啦！

特别推荐

别人称霸，我咋这么操心

今天天气真好，我要出去散散步，看看田野上的人们劳作得怎么样。呵！最近种田的人是怎么了，一个个愁眉苦脸、有气无力的，我不是跟齐桓公说了吗，要重视农业、改善民生，他们怎么还是这副样子啊！看来我得认认真真写篇文章，好好劝劝齐桓公才行。那我就写一篇《管子·权修》吧。我要好好写写治理国民的重要性，再把怎么治理国民这件事写明白，省得齐桓公看不懂，还得来问我。为了齐桓公称霸，我可真是操碎了心啊！

我打算在这篇文章中先写管理国民的重要性。

操①民之命②，朝不可以无政③。

民众而兵弱者④，民无取⑤也。

管理国民是好，但君主要是不能让国民满意，谁会甘愿让君主管理自己呢？所以君主得以身作则，让国民满意才行。

轻⑥用⑦众，使民劳，则民力竭矣。

---

① 操：掌握、操控。　② 命：命运。　③ 政：政令。
④ 者：原因。　⑤ 取：督促。　⑥ 轻：轻易地。
⑦ 用：使用。

特别推荐

君主倘若总轻易地让国民干活,修建自己喜欢的宫殿,国民就会劳累,就会对朝廷产生怨恨,肯定不愿意服从朝廷的管辖了。那君主应该怎么做呢?

故取①于民有度②,用③之有止④,国虽小必安⑤;取于民无度,用之不止,国虽大必危⑥。

君主驱使国民一定要有限度,才能让国民爱戴自己,实现国家的安宁。同样地,君主要是轻视农业,就不可能实现"田野之辟⑦,仓廪⑧之实"这样的美事儿。

管仲说了,种庄稼得粮食,种树得木材,种人得人才……

管仲说的是这个意思吗?

---

① 取:征收。　② 度:限度。　③ 用:耗费。
④ 止:节制。　⑤ 安:安宁。　⑥ 危:危险、灭亡。
⑦ 辟:开辟。　⑧ 仓廪:粮仓。

 特别推荐

其实啊，治理国民和种植庄稼是一个意思。

一年之计①，莫如树②谷；十年之计，莫如树木；终身之计，莫如树人。一树一获③者，谷也；一树十获者，木也；一树百获者，人也。

只不过呢，培育人才比种庄稼更合适，因为种庄稼只能收获一次，种树可以收获十次，培育人才却可以收获无数次，这是多划算的事儿啊！国家若满是人才，那这个国家一定会越来越强盛的。

光在口头上说治理国民肯定不够，要把治理落实在法律上才行。正所谓"欲④民之可御⑤，则法不可不审⑥"。为什么法律这么重要呢？因为"法者，将立朝廷者也"。法是用来树立朝廷权威的，所以要把爵位授予真正有能力的人才行。"法者，将用民能者也。"法是用来发挥国民才能的，所以朝廷要认认真真地委派每一个官职。"法者，将用民力者也。"法是用来让国民为国家做贡献的，所以要把赏赐分给有功的人才行。"法者，将用民之死命者也。"法是用来决定国民生死的，所以朝廷要审慎地使用刑罚。这样一来，国家有了法律的保障，还愁不能安定、不能富强吗？哈哈哈哈，我可真是太有才了，齐桓公看了我这篇文章一定会夸奖我的！

---

① 计：计划、打算。　② 树：种植，培育。　③ 获：收获。
④ 欲：想要。　⑤ 御：驾驭。　⑥ 审：重视。

文苑杂谈

古代那些著名的友谊

我们今天常说"友谊的小船说翻就翻",但管仲和鲍叔牙的友谊小船非常坚固,甚至还能升级为"友谊的巨轮"。除了管仲和鲍叔牙的友谊,古代还有一些友谊特别让人羡慕,他们的故事也流传到了今天,就让我们一起看看吧!

东汉时期,范式和张劭两个人在太学游学,都当上了儒生。他们的关系很好,上了两年学后,就要各回各家了。分别的时候,范式对张劭说:"你别担心,两年后我就能回到京城,到时候我一定去你家拜见你的父母,看看你家小孩。"

就这样,两个人约定了见面日期,就各自回家了。两年以后,快到约定的日期了,张劭就和母亲提及这个约定,让母亲给范式准备吃的喝的。张劭的母亲笑了笑,说道:"这都过去两年了,谁还能记得这个约定呢?"

张劭十分相信范式,觉得范式是个非常讲信用的人,就对母亲说:"他一定会来的,您就等着瞧吧!"

到了约定的日子,范式果然来到张劭的家中拜访,两个人喝酒叙旧,别提多开心了。这就是范式和张劭一

文苑杂谈

诺千金的故事。范式的诚信和张劭对范式的信任,让他们的友谊有了"鸡黍之交"的美名。

说完了"鸡黍之交",再来看看"胶漆之交"。我们都知道,胶水和油漆这两种东西都非常黏,能用胶水、油漆比喻的友情到底有多"黏"呢?"胶漆之交"的主人公是东汉时期的陈重和雷义,他们两个人都品德高尚、舍己为人,是关系十分要好的朋友。年轻的时候,他们就经常在一起读书学习。有一次,当时的太守张云听说了陈重的才华,想让陈重出来做官。陈重一看,雷义还没官做呢,就向太守申请,让好朋友雷义当这个官,但太守一直没同意。陈重坚持:雷义不做官,他也不做!陈重就一直没有做官。又过了一年,雷义也被选拔当上

官了，陈重这才同意与雷义一起去官府做官。

　　陈重有官做想着雷义，雷义也不例外。有一次雷义被举荐为秀才，就也想把这个功名让给陈重。功名咋能随便让来让去？当时那个刺史也不批准。雷义一看，陈重不去，我也不去！他就假装发了疯，披头散发地在街上宣传陈重做过的优秀事迹，却不去当官。这下可出了名，乡里人都知道他俩的故事了，便争相称赞："胶漆自谓坚，不如雷与陈。"意思是说，两个被胶水、油漆黏结在一起的东西，都不如雷义和陈重的关系紧密啊！

七嘴八舌

齐桓公：仲父啊，我应该听您的话远离那几个小人的。唉！我好想您啊！

我不管，我不管，管仲就是最好的，嘿嘿！

鲍叔牙

楚成王：我真没想过会败在几头鹿上。你小子真有两手，佩服佩服！

晋文公

想当君主怎么这么难

公元前 697 年①—公元前 628 年

原名：重耳

籍贯：曲沃（今山西省临汾市曲沃县）

地位：春秋五霸之一，与齐桓公并称"齐桓晋文"

---

① 对于晋文公的生年，学界颇多争论，此处采用主流说法。

晋文公这辈子

晋文公，姓姬，名重耳，是中国春秋时期晋国的一位君主，也是春秋五霸中的第二位霸主。他才能卓越，聪明贤明，在他当国君期间，晋国国力大增。重耳开创了晋国长达百年的霸业，在中国历史上影响极大。

开始逃跑

晋文公重耳当上国君的经历非常坎坷。他的父亲是晋献公，母亲是一个少数民族的女子，叫狐姬。狐姬还有一个妹妹，也是晋献公的妃子，生了一个儿子，叫夷吾。后来，晋献公的另一个妃子骊姬十分受宠，为晋献公也生了个儿子，叫奚齐。当时晋国的太子叫申生，是晋献公与夫人齐姜的儿子。骊姬为了让自己的儿子当上太子，就去劝说晋献公，让他把申生、重耳、夷吾都调离国都。晋献公自己没主见，听信了骊姬的话，把申生、重耳、夷吾调离了国都。

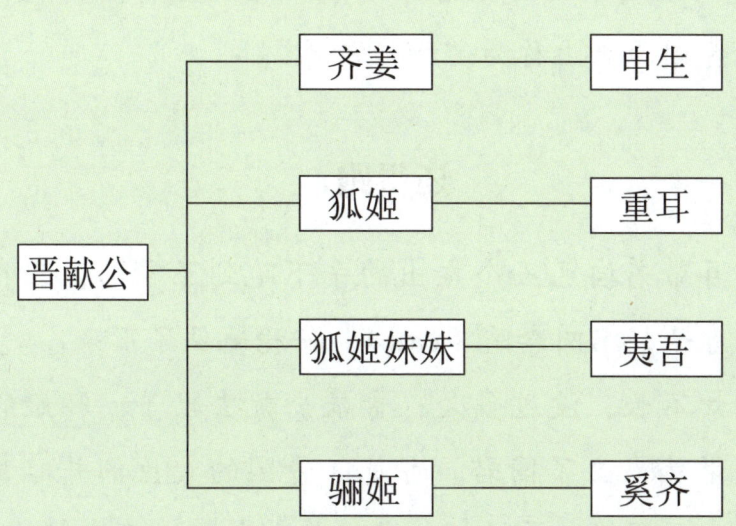

将这三个人都赶出国都后,骊姬还不满意,她想了个办法,污蔑太子申生想毒害晋献公。申生为了自证清白,居然自杀了。当时,朝中有人对骊姬说:"重耳和夷吾这两位公子都因为你把申生害死了而怨恨你呢。"

骊姬一听,就想斩草除根,于是又向晋献公进言,说:"申生想害您,重耳和夷吾这两位公子都知道这事儿。"幸好重耳和夷吾早早听到了消息,赶紧逃跑了。重耳跑到了蒲城,夷吾逃到了屈城。

晋献公得知这个消息,气坏了,觉得这两个儿子是要谋反了,就派兵讨伐他们。蒲城一个叫勃鞮(dī)的宦官为了讨好晋献公,带人逼着重耳自杀。重耳只好翻

TA这一辈子

墙逃走，跑到了他母亲原来所在的翟（dí）国。这次事件，在晋国历史上称为"骊姬之乱"。

还得跑

重耳带着自己五个杰出的手下跑到了翟国，又在翟国娶了妻子，名叫季隗（wěi），安稳地住了下来。

好景不长，没过多久，晋献公就去世了，骊姬的儿子奚齐果然当上了国君。可是，晋国的大臣们并非都支持奚齐，如里克、邳（pī）郑父等人之前一直支持申生。他们见奚齐当了国君，非常不满，就在晋献公的灵堂上把奚齐给杀了。

国家没有君主怎么行呢？于是，一个叫荀息的大臣又扶持了晋献公另一个叫卓子的儿子当国君，结果新国君又被里克、邳郑父杀了。里克他们就派人去翟国，想把重耳接回来当国君。谁知道重耳死活不愿意，推辞说："我当时违背父亲的命令逃跑，父亲死了以后也没能回去守孝，怎么敢回去当君主呢？"

重耳不想当君主，那怎么办呢？里克只好让人再去找夷吾回来当君主。夷吾答应了，于是成了晋惠公。可夷吾人品不太好，国内的人都不信任他，也不听从他的命令。他怕人们都支持重耳，担心国君的位子不保，就派人刺杀重耳。

这时重耳已经在翟国住了十二年，听说了这个消息，就跟手下们商量，打算前往齐国，请齐国帮助他回晋国当国君。临走之前，重耳对妻子季隗说："你等我二十五年，如果我二十五年后还不回来，你就改嫁吧。"

季隗听了这话，回答："二十五年以后，我坟地上的柏树估计都长大了。不过，夫君放心，我会一直等着你的。"

继续跑

到了齐国以后，当时的君主齐桓公用厚礼招待重耳，还把一个少女嫁给了他。就这么着，重耳在齐国过得非常安逸，不想离开，完全忘记了自己要回晋国报仇的事儿。

过了不久，齐桓公死了，齐国开始内乱，国力衰退，没办法再帮重耳了，可重耳怎么也不愿意离开。有一次，重耳的手下赵衰和狐偃在一棵桑树下商量要怎么劝重耳离开齐国，没想到这事儿被重耳在齐国所娶的妻子知道了。她是一个深明大义的女子，知道丈夫要做的是大事

儿，就去劝他赶快离开齐国。重耳却说："人生来就是要享乐的，我才不离开呢。"

重耳的妻子见他不答应，就想了个计策，找了个机会把重耳灌醉，让赵衰、狐偃等人把他直接拉上马车离开了齐国。重耳醒来后，发现自己早就离齐国很远了，他非常生气，要杀了自己的手下。手下人劝了他半天，他才平息了怒气，继续往前走。

不停地跑

从齐国离开后，重耳又去了许多国家。有一次，他到了曹国，曹国的国君曹共公听说重耳有个特别之处，叫骈胁（xié），也就是他的肋骨不像正常人一样是一根一根的，而是全部连在一起，就像个板子一样。曹共公特别好奇，就想趁着重耳洗澡的时候去偷看。一个国君偷看别人洗澡，这怎么能行呢？这不是侵犯别人的隐私吗？曹国的一个大臣僖负羁（jī）就去劝说曹共公，可曹共公没听。

后来，重耳又相继去过宋国、郑国、楚国。当时，晋国的太子圉（yǔ）正在秦国当人质，听说晋惠公生了重病，就偷偷从秦国跑回了晋国。秦穆公特别生气，想报复晋国。他听说重耳住在楚国，就让人把重耳请到秦国，许诺重耳在重耳杀死晋惠公后，会支持重耳回晋国当君主。

终于成功了

重耳回到秦国不久，晋惠公就去世了，太子圉继位，就是晋怀公。可是，晋怀公不得民心，支持他的人很少。晋国的几个大臣听说重耳在秦国，都暗中来劝他，让他回去当国君。

重耳一看，国内支持他的人很多，国外有秦国给他撑腰，正是回去报仇的好时机，就打算回去。秦穆公派出不少军队护送重耳回国，晋怀公听说了这个消息，吓得跑到了高梁，被重耳派人给杀了。

重耳回国后，毫无悬念地当上了国君，也就是晋文公。他开创了晋国的新时代，带领晋国成了春秋时期的强国之一。

超级访谈

我比你厉害多了

齐桓公

哟,老弟,你也来了?这里可是春秋霸主争夺赛,你是不是走错地方了啊?

晋文公

哼,虽然你比我年纪大,我当年在外面流亡的时候也得到你的不少帮助,但我告诉你,这春秋霸主的称号花落谁家还不一定呢!

齐桓公

你也就会说大话,咱俩拿功绩出来比比?当年宋国内乱,要不是我召集宋、陈、蔡、邾(zhū)几个国家的君主开了个会,宋国怎么可能安定下来?关于那次会盟,世人还尊称其为"北杏会盟"。况且,在会盟上,我还创造了一个纪录——我是第一个以诸侯的身份主持各国会盟的君主。我牛吧?

晋文公

你也不嫌寒碜,那次除了当事国宋国,其他都是小国。

齐桓公

那也是历史上的一个"第一次"。

晋文公

你别太得意了。公元前635年，周襄王的弟弟王子带谋反，周襄王被打得到处跑，请求天下诸侯的帮忙。当时，秦穆公也收到了周襄王的请求，是我最先找到了周襄王，把他护送回去，还把谋反的王子带给杀了。周襄王为了表示感谢，把河内、阳樊这两个地方都赐给了我。要我说，虽然现在诸侯国的势力大了，周襄王力不从心，有点管不住，但他的地位还在那儿，得到周襄王的认同，就相当于得到了天下正道，看谁还敢不服我？

齐桓公

不就是周襄王的支持嘛，你以为我没有？我可告诉你，当年宋国背叛我们的"北杏会盟"，我就去见周襄王了，告诉他宋国不尊重他，希望请他来主持公道。周襄王呢，想借我的力量来树立天子的权威，就答应了这事儿，还专门派人和我一起去调停。当年，我约了卫、郑、宋三个国家的国君召开了一个"鄄地会盟"，周襄王也派代表来了。你瞧瞧，说得跟谁没有周襄王的支持似的。

超级访谈

晋文公

你听过"践土会盟"吗？城濮之战，我晋国军队打败楚国军队后，把楚国的俘虏献给了周襄王，周襄王给我赐了酒，还给我劝酒呢！而且，周襄王还任命我为诸侯首领，给我赏了不少东西，你有吗？后来我奉周襄王的命令，召集诸侯，在践土这个地方开了个会，就叫"践土会盟"。要不是承认我霸主的地位，其他诸侯怎么会来参加这个盟会呢？

齐桓公

你老念叨周襄王多么重视你，你知道周襄王还是在我的扶持下才登上王位的吗？当时，周襄王还是太子，他老爹周惠王本来想把他废了，让他弟弟继承王位。周惠王死了以后，我立马就约着鲁、宋、卫、许、曹、陈这些国家开会，硬是把他扶上王位，他才成了周襄王。后来，我又找了各个诸侯在葵丘会盟，周襄王还给我赏赐了祭祀时用的肉，这可是对诸侯最高的奖赏，说明周襄王承认了我的霸主地位！在会上，我都能代替他发号施令了，这地位，比你不知道高了多少倍！

超级访谈

你不就比我早生了几年嘛,有什么好得意的?你晚年的时候,还不是很昏庸?你手下那个叫管仲的大臣多牛啊,他去世的时候,劝你不要重用易牙、开方、竖刁这些人,你偏不听。结果怎么样?齐国内乱了吧?你死了以后,都没有人给你办葬礼。你那几个儿子打得不可开交,你在床上躺了六十七天,都生虫了,新立的国君才将你下葬。我可没有你这么惨!

晋文公

主持人

你们在争论什么呢?这次要评选的霸主不是一个,而是五个,没认真审题吗?"春秋五霸",你俩都有份儿,别争了别争了!

你不早说!

晋文公

特别推荐

还没打仗就撤退

公元前632年，楚国大将子玉带着军队攻打晋国。晋国当时的实力已经有了提升，算是个比较厉害的强国，士兵们都很有信心，迫不及待地想和楚国交战。可是，楚国军队还没到战场附近呢，晋文公就命令军队后退九十里地。要知道，周朝的一里相当于现在的415.8米，这九十里差不多就是37000米，相当于46.8个800米长的跑道接在一起。

这命令一发布，士兵们想不明白了，"为什么啊？我们的统帅是国君，对方的统帅只是个将军，要退也应该是他们退啊。"

原来，晋文公重耳还没有当上国君时，在外面流浪，去过不少国家。有一次，重耳到达楚国，楚成王对他非常恭敬，用很隆重的礼节对待他。在宴席上，楚成王就问重耳："我现在对您这么好，您回到晋国以后，要用什么来报答我呢？"重耳想了想，回答道："楚国这么富有，什么东西都不缺。那要不这样吧，如果以后楚国和晋国打起仗来，我就命令晋国的军队先后退三舍，您看怎么样？"

特别推荐

舍是古代的计程单位,行军以三十里为一舍,三舍就是九十里。

楚国的大臣们一听,急了,心想:"你现在都还在外面流浪呢,竟然就已经想着攻打我们了,哪有这种人啊?!"

楚成王倒是无所谓,还说服大臣们:"重耳品行高尚,以后一定可以回晋国当君主的,要好好对待他才行。"后来,秦国派人来接重耳,楚国还给重耳送了不少礼物。

重耳是个守信的人。后来他回晋国当上了国君,面对楚国的军队,想起了当时的承诺,所以才命令军队一口气后退九十里,到了城濮这个地方才停下来。楚国的军队见晋军后退,怕这是个陷阱,就想停止进攻。可楚国的将领十分傲慢,向晋国下了战书。

一开战,晋国的将领就让军队后退,还假装很慌乱的样子。楚国的士兵以为晋国害怕了,就追上去,正中

75

特别推荐

了晋军的埋伏,被晋军给打败了。这一战之后,晋文公就成了中原的霸主。这就是著名的"城濮之战"。而这件事情,后来也被人们总结成一个成语,叫"退避三舍"。"退避三舍"泛指主动退让,不与之争或主动躲开,避免接触。

宁打败仗也要当君子

晋文公信守承诺，在与楚国军队交战的时候主动退让了九十里，得到了当时人们的称赞。春秋时期还有一位君主，也像晋文公一样有君子气概，但他不仅没有因此获胜，反而还丢了性命，这是怎么回事呢？

这位君主叫宋襄公。春秋时期，各地战乱不断，出现了很多强国，楚国就是其中之一。当时，齐国君主齐桓公去世，齐国内乱，宋襄公就派出军队，帮助齐孝公夺得了齐国的王位。但与此同时，楚成王也趁机出兵，攻打中原地区，想夺得对中原地区的控制权。宋襄公一看，当然不愿意，就强力说服几个国家的君主召开一次诸侯大会，商

文苑杂谈

量一下怎么才能阻止楚国的行动。可没想到的是，宋襄公到了会场，还没有来得及防备，就被楚成王抓住了。过了一段时间，经过鲁国国君的调解，宋襄公才被释放。

这下，宋襄公气坏了，非要攻打楚国，来洗清自己的耻辱。公元前638年，楚国和宋国的军队在泓水这个地方相遇了，宋军驻扎在泓水的北岸，楚国驻扎在南岸。要打仗，就得渡河呀，楚国军队只好渡过泓水来攻打宋军。

宋襄公手下有一个叫子鱼的大臣，见楚军开始渡河，马上就向宋襄公建议："楚军开始渡河了，我们可以趁他们渡河的时候攻打他们，他们肯定来不及反应，一定会败在我们手下的。"可是宋襄公并不同意，他觉得趁着人家过河的时候发起进攻，这不是君子的作风，坚持要等到楚国军队渡过泓水再进攻。子鱼没办法，只好等着。

过了一会儿，楚国军队过了河，正在岸边排队呢，子鱼一看，机会又来了，就又去劝宋襄公："现在楚国刚刚上岸，队列还没有排好，要是我们现在攻打，肯定会打得他们落花流水。"宋襄公又不同意，觉得楚军还没有休整好，现在进攻对他们来说不公平。

就这么着，宋国失去了进攻楚国的好时机，等到楚国军队排好了阵列，宋襄公才下令进攻。可是，宋国的军力很弱，跟楚国完全没法儿比，很快就被打败了。宋襄公受了重伤，狼狈地逃走了，后来因为伤势太重，去世了。这一场战争在历史上被称为"泓水之战"。

  对于宋襄公在这场战争中的表现，历史上也有各种不同的说法，有人认为宋襄公始终坚持仁义，虽败犹荣，还把宋襄公评为"春秋五霸"之一；也有人认为，在战场上就要灵活多变，宋襄公这样的做法是迂腐的。但不管怎样，泓水之战都在历史上有着非常重要的地位。从那以后，楚国的实力得到了很大的提升，一直扩张到黄河的北面，直到在与晋国的"城濮之战"中失败，楚国扩张的趋势才被遏止。宋国因"泓水之战"的失败而变成一个实力二流的国家，失去了争霸的能力。

七嘴八舌

楚成王

你倒是后退九十里了,但为啥挖坑让我跳呢?早知道,当初就不送你那么多珠宝了。

就算你再牛,我也是春秋时期第一个霸主,你永远比不上我,哈哈哈哈哈。

齐桓公

曹共公

哎呀,重耳,你别打我了,我不是流氓,我就是好奇而已,别打了别打了!

晏 子

一当官就是五十多年

约公元前 578 年[①]—公元前 500 年

原　名：晏婴

籍　贯：齐国夷维（今山东省潍坊市高密市）

代表作：《晏子春秋》

[①] 对于晏子的生年，学界颇多争论，此处采用主流说法。

TA这一辈子

晏子这辈子

晏子是春秋时期一个有名的政治家,他先后辅佐了三代君主,多次捍卫了齐国的国家尊严,闻名于各个诸侯国。

超长待机,永不关机

在古代的名臣里,晏子算是活得比较久的一个。要是把古人比作手机,那晏子绝对是待机王,续航能力超强,为什么这么说呢?

晏子的父亲晏弱是齐国的上大夫,齐灵公的时候,晏弱去世,晏子就继承了父亲的官职,成为齐国的官员。他这一当官,就当了五十多年,相继辅佐了齐灵公、齐庄公和齐景公三代君主,这在古代士人中是非常少见的。可见,晏子多么受君主的信任与重视。

忠诚,就是晏子最牛的品质

晏子可是中国历史上特厉害的一个人,司马迁在《史记·管晏列传》中都说:"假令晏子而在,余虽为之执鞭,所忻慕焉。"司马迁的意思是说："要是晏子还活着，那我就算是去给他做马夫，也是特别愿意特别高兴的。"能让司马迁这么一个大牛人如此佩服，可见晏子有多厉害。

晏子究竟厉害在哪儿呢？他不仅贤能，能时时为百姓着想，而且很机灵，能言善辩。更重要的是，他还很忠心，从来不和奸佞小人同流合污。

当时，齐国有个叫崔杼的大臣，很有权势，野心还特别大，老想着把国君齐庄公给杀了，扶持一个不敢违抗他的人当君主。有一次，齐庄公摆酒宴请前来进贡的莒（jǔ）国国君，崔杼就假装生病，没有参加。宴会结束以后，齐庄公去探望崔杼，没有防备，结果被崔杼给杀了。齐庄公去世以后，因为崔杼的势力实在太大了，其他大臣都不敢

反抗，也不敢去吊唁齐庄公，只好忍气吞声地向崔杼低头。只有晏子带着随从前去吊唁，扑在齐庄公的尸体上大哭了一场。

齐国没有国君不行啊，崔杼就联合另一个大臣把齐庄公的弟弟杵臼推上了王位，成了齐景公。崔杼还不满足，想要进一步巩固自己的势力，就派人把所有的大臣召来，让这些大臣发誓他们会效忠于他，只要有人反抗，就会被砍头。大臣们没办法，只好一一发誓。但轮到晏子的时候，晏子怎么也不肯说话，只是站着不动。崔杼气得不行，拿起剑就想杀了晏子，幸好旁边有人拦住了，劝崔杼说晏子的名气太大，百姓都特别爱戴他，你要是把他杀了，百姓们一定会反抗你的。崔杼一听这话，毫无办法，只好把晏子放了，并派到其他地方做了一个小官。过了好几年，晏子才重新被召回朝廷，当了相国。

这事儿到底是真是假

东方朔：老晏,来开下门呗,我是东方朔啊!你在家吗?

晏子：来了来了,找我啥事啊?赶紧说,我还打算去看戏呢。

东方朔：看什么戏啊,我可听说了一件关于你的事儿,比戏还精彩!这不,我就赶紧来告诉你了。

晏子：啊?什么事啊?该不会又是谣言吧?谣言止于智者,你怎么也相信呢?这可不是君子应该干的事儿!

东方朔：你先别急着说我啊,听我说完。我今天去书铺的时候,看见一本书,叫《晏子春秋》,我随手翻了一下,就看见一个故事,是这么写的:

晏子将使楚。楚王闻之,谓左右曰:"晏婴,

超级访谈

东方朔

齐之习辞者①也。今方②来,吾欲辱之,何以也?"左右对曰:"为③其来也,臣请缚一人,过王而行,王曰:'何为者也?'对曰:'齐人也。'王曰:'何坐④?'曰:'坐盗。'"晏子至,楚王赐晏子酒,酒酣⑤,吏二缚一人诣⑥王。王曰:"缚者曷⑦为者也?"对曰:"齐人也,坐盗。"王视晏子曰:"齐人固善盗乎?"晏子避席⑧对曰:"婴闻之,橘生淮南则为橘,生于淮北则为枳,叶徒⑨相似,其实⑩味不同。所以然者何?水土异也。今民生长于齐不盗,入楚则盗,得无⑪楚之水土使民善盗耶?"王笑曰:"圣人非所与熙⑫也,寡人反取病⑬焉。"

晏 子

哦,是这事儿啊,这是我出使楚国时候的事。我正要去楚国呢,楚王听说我要来,就跟身边的大臣们商量,打算羞辱我。他对身边的大臣说:"晏婴是齐国的一个能言善辩的人,现在他要来,我想羞辱他,用什么办法呢?"那些大臣

---

① 习辞:会说话,善于辞令。　② 方:将要。
③ 为:当。　　　　　　　　　 ④ 坐:犯罪。
⑤ 酒酣:酒兴正浓。　　　　　 ⑥ 诣:到……地方。
⑦ 曷:通"何"。　　　　　　　⑧ 避席:古人席地而坐,避席即站起,表示敬重。
⑨ 徒:只。　　　　　　　　　 ⑩ 实:果实。
⑪ 得无:莫不是。　　　　　　 ⑫ 熙:通"嬉",戏弄、开玩笑。
⑬ 病:羞辱。

晏 子

们就出主意:"在他来的时候,大王请允许我们绑着一个人从大王面前走过。大王就问,'他是什么人?'我就回答,'他是齐国人。'大王接着问,'他犯了什么罪?'我就回答,'他犯了偷窃罪。'"后来,我到了楚国,楚王请我喝酒,喝得正高兴的时候,两名小官员绑着一个人来到楚王面前。楚王问道:"绑着的是什么人?"那个官员回答:"他是齐国人,犯了偷窃罪。"楚王一听就乐了,问我说:"齐国人本来就善于偷东西吗?"哼,也不看看我是谁,能让他这么羞辱吗?我马上离开座位回答:"我听说,橘树生长在淮河以南就是橘树,生长在淮河以北就是枳树,它们只是叶子相像罢了,果实味道却不同。这是什么原因呢?水土地方不相同啊。老百姓生活在齐国是不偷东西的,到了楚国就学会偷东西,莫非楚国的水土使百姓善于偷东西吗?"楚王笑着说:"圣人是不能同他开玩笑的,我反而自讨没趣了。"

东方朔

是吧,我就说这事儿是真的,其他人还不信,哼!记载在《晏子春秋》里的事儿还能有

超级访谈

东方朔

假?虽说以前有人不相信有《晏子春秋》这书,但后来不是从银雀山汉墓里找到了出土文献《晏子春秋》嘛,这肯定就是真的了,这些人都不看新闻吗?太不关心国家大事了!

晏子

等一下,我可没说这事儿是真的啊。你也知道,我做了五十多年官,辅佐了三任君主,经历过的事儿太多了,哪能一一记住啊。现在不管哪个史料上都没有记载过我出使楚国的事儿,所以这事儿到底是真是假,我还真忘了。况且,《晏子春秋》虽然记载的是我的言行,但它是在我去世后用史料和民间传说汇编在一起的,谁知道哪些是史料,哪些是民间传说啊。

东方朔

我说老晏,你这记性也太差了吧?这都能忘了?我建议你去医院检查检查。

晏子

你才需要去医院检查呢!赶紧走,我要去看戏了,再见!

东方朔

算了,你去吧,我再去看看《晏子春秋》,还挺有意思的!

亡羊补牢，为时已晚

我前几天见到了东方朔，他跟我说《晏子春秋》这书挺好看，我就买了一本。今天下午一看，写得还不错，尤其是我的好多言行，写得有模有样的，连我自己都记混了，不知道这事儿发生过没有。但无论如何，这书都是中国历史上一本比较重要的著作，很有辩证法思想。比如说，我今天就看到里面有这么一篇：

鲁昭公失国走①齐，景公问焉，曰："君何年之少，而弃国之蚤②？奚道至于此乎？"昭公对曰："吾少之时，人多爱③我者，吾体不能亲；人多谏我者，吾志不能用也；是以内无拂④而外无辅也，辅拂无一人，谄谀我者甚众。譬⑤之犹秋蓬也，孤其根而美枝叶，秋风一至，根且拔矣。"景公辩其言，以语晏子，曰："使是人反⑥其国，岂不为古之贤君乎？"晏子对曰："不然⑦。夫愚者多悔，不肖⑧者自贤，溺⑨者不问坠，迷者不问路。溺而后问坠，迷而后问路，譬之犹临难而遽⑩铸兵，噎而遽掘井，虽速亦无

---

① 走：跑。
② 蚤：早。
③ 爱：爱护、维护。
④ 拂：辅佐。
⑤ 譬：譬如。
⑥ 反：返。
⑦ 然：这样。
⑧ 不肖：不贤德。
⑨ 溺：溺水。
⑩ 遽：突然。

特别推荐

及已。"

鲁昭公失掉鲁国逃亡到齐国,齐景公问他:"您为什么这么年轻却这么早就失掉了国家呢?为什么到了这种地步呢?"鲁昭公回答:"我年轻时,有很多敬爱我的人,我自己却不能亲近他们;有很多劝谏我的人,我却没能采纳他们的意见。因此朝内朝外都没有辅佐我的人。辅佐我的人没有一个,阿谀奉承我的人却很多。这就好像秋天的蓬草,根茎孤弱,可枝叶很繁茂,秋风一到,根就直接拔起来了。"

齐景公细细分析鲁昭公的话,并把这话告诉了晏子,说:"假如让这个人返回他的国家,他难道不会成为像古代圣贤君主那样的国君吗?"晏子回答:"不是这样。愚

蠢的人总爱悔恨，不贤德的人总认为自己贤德，被水淹着的人不询问如何坠入水中，迷失方向的人不打听正确的道路。被淹了以后再询问如何坠入水中，迷失方向以后再打听正确的道路，就好像面临外敌入侵的灾祸才急急忙忙去铸造兵器，吃饭噎着以后才急急忙忙去挖井，即使很快，也来不及了。"

　　看看，这个故事多有哲理。对于一个普通人来说，承认错误，可能为时不晚，但对于一个权大势大，甚至能治理国家的人来说，一旦他犯错，那可能就会有千千万万的人因为他的错误而遭受损失，那时候再去补救，就来不及了。所以，能积极改正错误当然是好的，但前提是尽量不要犯错，要记住亡羊补牢，为时已晚。

文苑杂谈

我就是宁死不屈

中国历史上,像晏子这样忠正耿直的人并不少见。比如说宋朝的时候,有个大臣叫寇准,很有才能,又很忠诚,常常向宋太宗进谏。有一次,上朝的时候,寇准又给宋太宗提建议。宋太宗特别不高兴,心想:"寇准你不就是个大臣吗?我以前采纳你的建议,那是我尊重你,你不但不收敛一下,还得寸进尺了!"于是,寇准话还没说完,宋太宗就气愤地站起来,打算退朝回去休息。按理说,皇帝都被气走了,一般的大臣估计都吓得不敢说话了,可寇准并不,他一看皇帝要走了,马上就冲上去,拉住宋太宗的衣服不让他走,非让他听完谏言不可。

宋太宗也没想到寇准的胆子这么大,一时间倒不生气了,重新坐下来,打算听听寇准要说什么。这一听,宋太宗才发现,寇准说得还挺有道理,于是当朝夸赞寇准,说:"朕得寇准,犹文皇之得魏征也。"他的意思就是说:"我得到了寇准,就像唐太宗得到了魏征一样,真是太幸运了。"

再比如说,明朝有个叫方孝孺的人,也是有名的忠正之人。当时,明成祖朱棣把他侄子建文帝赶下了皇位,自己当了皇帝，可他这皇位是抢的，来得不正，所以他就想找个有名的大臣给自己写登基诏书，诏告天下说他这皇帝是名正言顺得来的。这诏书由谁来写呢？有人就推荐方孝孺，说这人是天下大儒，要是他来写这诏书，别人就能服气了。朱棣听了这话，就让人带着方孝孺来见他。结果方孝孺特别忠贞，根本看都不看朱棣，穿着孝服号啕大哭。朱棣跟他好说歹说都不行，气得要死，就下令诛杀了方孝孺的十族，就是一口气杀了方孝孺和他的高祖父、曾祖父、祖父、父亲、儿子、孙子、曾孙、玄孙、学生这些人。一时之间，血流成河。

七嘴八舌

书铺老板：管他《晏子春秋》写的是真是假，只要能赚钱，就是好书！

气死我了！要不是看在你名气大的份儿上，你早死了千儿八百回了！

崔杼

方孝孺：晏兄！你真是太勇敢了！我太佩服你了！哪天咱哥俩去喝酒啊，你跟我好好聊聊你的事儿！

来听故事吧

老 子

见首不见尾的神龙

约公元前 571 年—约公元前 471 年[①]，别名李耳、老聃

称　号：道教始祖、道德天尊

籍　贯：楚国苦县[②]（今河南省鹿邑县）

代表作：《道德经》（又称《老子》
　　　　《道德真经》《五千言》）

[①] 对于老子生卒年，学界说法不一，此处采用主流看法。
[②] 对于老子籍贯，学界说法不一，此处采用《史记》记载中的说法。

TA这一辈子

老子这辈子

老子是中国古代的思想家、哲学家、文学家和史学家，也是道家学派的创始人。在道教里，他被尊为道教始祖，我们平时所说的"太上老君"，其实就是指老子。而他的著作《道德经》，是全球文字出版发行量最大的著作之一。

出生方式：一个李子的传说

老子可是中国历史上超级厉害的人物，不只他的学说高深莫测，他的出生也充满了传奇色彩。据说，有一天，老子的母亲理氏在河边洗衣服，忽然发现上游漂下来一个圆溜溜的李子，看起来很好吃的样子，理氏就把它从河里捞了出来，放在了一边。等到中午，理氏又热又渴，也没别的吃的，一看，这李子看起来还不错，不吃白不吃，就把李子放在河里洗了洗，吃掉了。幸好古代河水很清澈，这要是放在现在，河里的水早就被污染了，用河水洗过的李子岂不是更脏，简直就是"生化武器"啊。

谁知道，就因为吃了一个李子，理氏就怀孕了，八十一年后，才生下了一个男孩。况且，这孩子还不是从她肚子里出来的，而是从她腋下也就是胳肢窝里出来的，一生下来，就是白眉毛白头发白胡子。很神奇吧？而我只想说，八十一年没洗澡，又是从胳肢窝里出来的，这得多脏多臭啊！这个故事被记载在唐朝张守节的《史记正义》中，即"李母怀胎八十一载，逍遥李树下，割左腋而生"。虽然这只是个传说，但从中也可以看出老子的神秘和人们对他的推崇。

晚年去向：中国最早"自驾游"

老子这人，出生方式很奇特，晚年去向也很牛。在他晚年的时候，老子知道周朝已经衰落了，估计马上就会被一个个强大起来的诸侯国"欺负"了，所以他就早早地骑着牛，向西走，通过函谷关，打算到昆仑山隐居修行。大家可以想象下，一个人一头牛，从现在的河南一直走到新疆。老子的这般壮举，可以说是中国历史上最早的"自驾游"。

这时候的老子，虽然很有名气，但并没有留下什么著作。幸好，在路过函谷关的时候，函谷关守关的长官尹喜是老子的忠实粉丝，听说老子打算隐居，马上就把他拦住了，非让他写出个著作来，要不然就不让他过函谷关。老子没办法，就写下了《道德经》这本书，才得以出关继续往西走。后来，就再没有人见过老子，自然也没有关于他的记载了。

要放在现在，尹喜算是达到了追星的最高境界，不仅见到了自己偶像的真人，还拿到了偶像亲笔写下的著作，真是妥妥的人生赢家。

真实身份：谁也说不清楚的神秘人

老子的出生方式和晚年去向都非常神奇，更神奇的是，至今为止，谁也说不清楚老子到底是谁。这是怎么回事？老子不就是老子吗？怎么会说不清呢？

"子"是古代对男子的尊称，就像孔子，他本名叫孔丘，别人为了尊重他，才叫他孔子，所以，当时也许有很多个姓孔的人都被称为"孔子"。老子也是一样，他本来姓李，但古代的"李"和"老"的读音一样，所以人们为了表示尊重，就叫他老子。那说不定当时还有另一个姓李的人，也很受尊敬，也被称为老子。所以，需要知道老子本名叫什么，是什么人，才能更好地研究他。

但是，没有人能说清楚老子到底是谁。有人说他就是老莱子，也有人说他是周太史儋。各种各样的推测层出不穷，至于他的真实身份，谁也不知道。唯一能确定的，就是老子当过周朝的守藏室之官，负责主管国家存藏的竹简，相当于现在的国家图书馆馆长。

超级访谈

柔软才会活得长

后世小学生

老子，您好！我是您的粉丝！您真是太有趣了，我太喜欢您了！

啊？我有趣？我怎么有趣了？

老子

后世小学生

孔子向您请教问题的时候，您张开嘴给他看您的舌头和牙齿，教给他刚柔的道理。

什么？孔子确实曾经向我请教过问题，但他的问题是关于礼的，和刚柔没有关系啊！

老子

后世小学生

"君子得其时则驾，不得其时则蓬累而行。吾闻之，良贾深藏若虚，君子盛德，容貌若愚。去子之骄气与多欲，态色与淫志，是皆无益于子之身。"这不是您对孔子的教诲吗？

104

超级访谈

老子

文章背诵得不错，不过这是孔子问礼于我时的回答，而关于刚柔的对话是我的老师常枞对我的教导，这事儿还被记载在《说苑》里了。有一次，老师病了，我去探望他。老师知道他将不久于人世，便嘱咐了我好多事情，还张开嘴让我看，问我他的舌头还在不在，我说在啊。他又问我牙齿在不在。老师年纪大了，牙齿早就掉光了，我就说牙齿已经不在了。老师问我懂了没有。我仔细琢磨了一下，问老师："夫舌之存也，岂非以其柔耶？齿之亡也，岂非以其刚邪？"我这是在和老师确认他的用意：舌头之所以还在，是因为它柔软，牙齿之所以掉光了，是因为它太坚硬了。老师点点头，还说这包含了天下的道理，我既然懂了，就没有其他要嘱咐的了。

后世小学生

啊，好深奥啊，我还是不太懂，您能讲得再详细一点吗？

老子

当然可以。我回去以后又琢磨了一下老师的话，才彻底明白其中的道理。人活着的时候身体是柔软的，死了以后身体就变得僵硬。草木

105

超级访谈

生长时是柔软脆弱的,死了以后就变得干硬枯槁了。所以坚强的东西属于死亡的一类,柔弱的东西属于有生命的一类。因此,用兵逞强就会遭到灭亡,树木强大了就会遭到砍伐摧折。凡是强大的,总是处于下位;凡是柔弱的,反而居于上位。

老子

后世小学生

就是您写在《老子》里的这一段吧:"人之生也柔弱,其死也坚强。草木之生也柔脆,其死也枯槁。故坚强者死之徒①,柔弱者生之徒。是以兵强则灭,木强则折。强大处下,柔弱处上。"

对对对,就是这一段。因此,要重视柔,做人也是一样,要重视变通,遇到困难时不能硬来,要善于变化,"天下之至柔,驰骋天下之至坚"。

老子

后世小学生

哦,原来是这样!我懂了,谢谢您!我会努力做到的。

———————
① 徒:类。

特别推荐

老子相对论

今天天气可真不错,我骑着我的牛出去游玩,走啊走啊走啊走,走了老远,正打算回去,却听到远处传来打雷一样的声音。我的妈呀,这是啥声音?我特好奇,就骑着牛前去一探究竟,又走了好远,才发现了一个大瀑布,刚刚听到的正是瀑布的声音。如此壮观的景色,真是太令人惊叹了!这瀑布下面是个深渊,水很深,看起来黑漆漆的。要回家的时候,我回头看了一眼,瀑布飞溅的水花雪白雪白的,而瀑布下面的深渊几乎是黑色,这对比太鲜明了。我一下就想到:瀑布和深渊相对,雪白与墨黑相对,这世间万物不都是相对的吗?

天下人都知道美之所以为美,是由于有丑的存在;都知道善之所以为善,是因为有恶的存在。比如说,你在街上看见两个人,其中一个长得歪瓜裂枣,眼睛小鼻子大,另一个长得很一般,但是由于有这个相对丑陋的人做对比,你就会觉得这个长相一般的人也挺好看的。要是这时候再来一个人,特别特别美,那这个长得很一般的人,可能也会被认为是丑的。这就是:

特别推荐

天下皆知美之为美,斯恶已①。皆知善之为善,斯不善已。

同样的,要是没有相对长的东西的存在,你就不会觉得另一个东西相对短;要是没有困难的事情的存在,你也不会觉得另一件事情很容易。没见到高山,你就不知道什么是平原盆地;没见过跑在前面的人,你就不知道后面这个人是落后的。

所以,世界上的一切事物都是相对的,都有两面性,可能在这种情况下它是好的,在另一种情况下它就是坏的。在看待事物的时候,我们也要从两个方面衡量,既不能只注意它积极的方面,也不能只看到它消极的方面。如此,我们才能正确地认识事物。

太棒了!我现在就去把这个道理告诉我的牛,让它明白,不能只看到我让它拼命快跑而把它累得半死,也要看到我是因为爱它才让它锻炼身体的!

---

① 已:同"矣",语气助词。

我是神二代

老子母亲怀孕八十一年才生下老子，这还不算特别神奇，还有更神奇的。中国古代有个叫后稷的，特别善于种植各种粮食作物，据说是第一个开始种麦子的人，是周朝的始祖。这个人的出生也不一般。据《史记·周本纪》记载，他的母亲叫姜原，"姜原出野，见巨人迹，心忻然说，欲践之，践之而身动如孕者。"有一次，姜原到外面玩，路上，她看到一个巨人的脚印，觉得又惊讶又好奇，就把自己的脚踏进了巨人的脚印里。谁知她刚刚踏进去，就觉得身体震了一下，回去就怀孕了，后来就生下了后稷。可见，后稷真是神的后代啊！后稷的母亲姜原也是胆大，要是在现在，这绝对是外星人的脚印啊，跑都来不及，还敢去踩？姜原却踩了进去！

与后稷几乎生活在同一个时期的还有一个叫契的人，是商朝的始祖，又被称为"火神"。他的封号是商，因此，他的坟墓就叫商丘，也就是现在商丘市的由来。据《史记·殷本纪》记载，契的母亲叫简狄，"三人行浴，见玄鸟堕其卵，简狄取吞之，因孕生契。"简狄有一次和闺蜜去泡温泉，看见一只黑色的燕子落在池边，还下了

一个蛋,正好落在池边上。简狄这个人,好奇心很强,看见这个从天而降的蛋,不仅不害怕,还把它拿过来吃了。结果,等她泡完温泉回去就发现自己怀孕了,后来生下个儿子,就是契。

七嘴八舌

老子母亲

都是怀胎十月,谁知道我一怀就是八十一年。怀哪吒也才三年哪!

哎哟!老子就是聪明,"强大处下,柔弱处上"这样的道理,他看看我的牙齿和舌头就明白了,不枉费我的一番苦心,口水都快流下来了!

常　枞

孔　子

啥?我可是去向老子请教礼仪的,才不是去看他的舌头和蛀牙的!真是乱七八糟、一派胡言!

来听故事吧

孔 子

我是大圣人

公元前 551 年—公元前 479 年，名丘，字仲尼

称　号：孔圣人、至圣、万世师表
籍　贯：鲁国陬邑（今山东省曲阜市）
代表作："六经"、《论语》①

---

① 孔子去世后，由孔子弟子及再传弟子编写而成《论语》。

TA这一辈子

孔子这辈子

作为至圣,孔子应该就不用多介绍了吧?他是儒家学派的创始人,而儒家思想又是中国封建社会两千多年的正统思想,所以可以这么说:孔子是统治了中国人思想两千多年的人。可见孔子有多牛了。

圣人长得不一般

中国古代的圣贤之人,往往都有一些奇特之处。比如说舜,他是"重瞳子",也就是一个眼睛里有两个瞳孔的人;比如说老子,他是从他母亲的腋窝里生出来的;再比如说刘备,他"双手过膝,双耳垂肩,目能自视其耳",就是说刘备的胳膊特别长,站直时能超过膝盖,耳朵也很大,一直垂到肩膀上,自己能看见自己的耳朵。

孔子作为至圣,自然也有与众不同的地方。据《史记》记载,孔子出生的时候,头顶中间是凹陷的,就像个盆地一样,所以孔子的父母就给他取名叫丘,意思就是突出的小山堆,正好跟他的长相相反。①此外,孔子非常高,

---

① 另有说法是,孔子的父母向尼丘山祈祷,生下了孔子,于是给孔子起名丘。

据司马迁记载,孔子身高九尺六寸。按照司马迁所生活的汉朝的尺寸来计算,孔子身高大概有两米二。要知道,"武圣"关羽才身高九尺,孔子竟然比关羽还高,要是在现在,肯定是中国男篮的主力队员,说不定比姚明还牛呢。

圣人也得勤学苦读

孔子很小的时候,父亲就去世了,母亲只好带着他搬到曲阜,把他养育成人。据说,孔子小时候很聪明,也很好学,自小就非常喜欢学习礼节,认为礼是很重要的东西。有一次,他看见家里的大人在祭祀祖先,就在一旁偷看,

TA这一辈子

还自己用泥土捏了一些小盆小碗,和小伙伴一起,学着大人祭天祭祖的样子玩耍。

长大后,孔子非常崇拜周朝初期那位制作礼乐的周公,并对周朝的礼仪非常熟悉。当时的读书人要学习"六艺",就是六种技能,包括礼节、音乐、射箭、驾车、书写、计算,孔子都学得非常好。

晚年,孔子又喜欢上了《周易》,天天拿着看,爱不释手。那时候人们都把字写在一片一片的竹简上,然后用熟牛皮做成绳子,把竹简连起来,就形成了书。孔子天天翻看《周易》,竟然把竹简的皮绳都磨断了好几次。后人就从这个故事里总结出一个成语,叫"韦编三绝",指编连竹简的牛皮断了多次,比喻读书勤奋。

春秋时期的旅游达人

春秋战国时期,各诸侯国之间战争不断,每个诸侯国都想招揽人才,于是出现了许多学派,争着向君主们进言,想让君主采用自己的理论治国。孔子自然也是如此,为了宣扬自己的儒家思想,他带着弟子们周游天下,去过卫国、宋国、郑国、陈国等十来个国家。可是,孔子主张的治国理论的核心是"仁",即君主要以仁爱之心对待百姓,为政以德,用德行来治理天下。这样的思想在当时的乱世里根本不适用，各个诸侯国的君主更喜欢法家那样主张用严刑苛法来治理百姓的学说。所以，孔子在外游历了很多年，也没能成功说服一个君主采用自己的理论治国，只好又回到了鲁国。

回到鲁国后，孔子就把自己的大部分精力放在了教育上，教出了很多有名的学生。据说，孔子有弟子三千，其中有七十二个特别贤能，被称为"孔门七十二贤"。此外，孔子还提出了一些著名的教育理论，比如"有教无类"，也就是说，老师教导学生，不应该因他们的智愚、善恶、贫富而区别对待，哪怕是个小乞丐，只要他想学习，也要教导他；再比如说"因材施教"，意思就是说，老师教导学生要按照每个人不同的才能和性格来教导他，对于那些生性自卑的人，要多加表扬，而对于那些有点骄傲的人，就要多警醒他们，不能让他们过于自大。孔子的这些教育理论，直到现在，我们都还在用，可见这些教育理论是多么的先进。

超级访谈

半部《论语》治天下

颜回

老师老师,趁他们不在,我们聊聊天呗!

颜回呀,你平时不这样呀,怎么今天说话这么怪异,是要我给你开小灶么?

孔子

颜回

没有啊,老师。我只是想知道您觉得我是个什么样的人?

我不是说过嘛,"贤哉回也,一箪①(dān)食,一瓢饮,在陋巷。人不堪②其忧,回也不改其乐。贤哉回也!"我平时可是很少夸人的,这短短的一段话里,我就夸了你两次。一碗饭,一瓢水,在很破旧的巷子里,别人都忍受不了这种苦,你却自得其乐。

孔子

颜回

好棒好棒,谢谢老师称赞。您这样夸我,不怕我的师兄弟们嫉妒吗?

---

① 箪:古代盛饭的圆竹器。　② 堪:忍受。

哈哈,你们都很优秀。听说你们还把我的政治主张、伦理思想、道德观念和教育原则都整理成书了。

孔子

颜回

是的,这本书叫《论语》,我们也是很想报答您教导我们的苦心的。您觉得弟子们编成的这部语录符合老师想传达的意思吗?

《论语》这部书编得很好,也基本上能传达我想表达的观念。我为有你们这样的学生感到骄傲。《论语》包括学而、为政、八佾(yì)、里仁、公冶长、雍也、述而、泰伯、子罕、乡党、先进、颜渊、子路、宪问、卫灵公、季氏、阳货、微子、子张、尧曰,一共二十篇。其中,不少篇章都很零碎,但大致不出"仁义礼智信"这五个字。当时,我给你们讲课,也主要是从这几个方面展开的。

孔子

颜回

老师,我依稀记得《泰伯篇》中有一段。"曾子曰:'士不可以不弘毅[①],任重而道远。

[①] 弘毅:宽宏坚毅,指抱负远大、意志坚强。

超级访谈

颜回

仁以为己任，不亦重乎？死而后已①，不亦远乎？'"曾参说得真好，作为士，不能不刚强勇毅，因为任重道远！把"仁"作为自己的责任，不也是很重的吗？奋斗到死才会停下，不也是道路遥远吗？

我还补了一句，"岁寒，然后知松柏之后凋也。"真到天寒地冻的时候，才知道松柏是不凋落的。我补这句话的初衷就是想告诉人们，在真正艰苦的环境中，才可以看出谁是真正的君子。

孔子

颜回

对啊，这些看似零碎的话，背后其实是有内在逻辑的。老师，很多人都非常重视《论语》，北宋时有个有名的宰相，叫赵普，他还说过"半部《论语》治天下"这样的话。对年轻人如何读《论语》，您有什么建议吗？

---

① 已：停止。

孔子

我呢,一直觉得"教学相长",就是老师与学生在一起,互相启发,共同进步。你们提的很多问题,直接引发我进行深入思考。为回答你们的问题,我真是仔细考虑了很多,也收获了很多。这些思想,都被保留在这部书里了,都是很珍贵的记忆。关于这本书,我想提醒读者,首先,因为这部书语言简洁、篇幅不是很长,所以读者在阅读的过程中,要特别注意说话的语境;其次,我主张"因材施教",面对不同的学生,我说的话可能有所不同,毕竟他们的资质不同嘛,所以,你们只看这些话,不考虑我为什么说,是不能领会我真正的意思的。

颜回

老师,您说的这些阅读《论语》的方法,的确很实用,我会转告他们的,放心吧。

特别推荐

修身、齐家、治国，唉，还得平天下

你们要我来推荐《论语》里面的篇章，可真是为难我了。其实，《论语》这部书是我的弟子以及他们的弟子整理的，那会儿，我早就去世了。我也只能凭借回忆，简单说说我教弟子们念书都念了些啥。

我现在能记得的一个非常重要的观点，就是一个人要"修身、齐家、治国、平天下"。这也是我在教学生的时候，秉持的一个非常重要的观念。

先来说说修身的问题。

《论语》第一章就是《学而篇》："学而时习之，不亦说乎？有朋自远方来，不亦乐乎？人不知而不愠，不亦君子乎？"学习这件事，按时复习，不也是很愉快的吗？有朋友从远方过来，不也是很高兴的吗？别人不知道自己，自己却不恼怒，不也是君子的作风吗？

对了，还有一句强调学习与思考关系的："学而不思则罔①，思而不学则殆②。"学习却不思考，就会迷惑；整天思考却不学习，就很危险。

---

① 罔（wǎng）：蒙蔽，迷惑。
② 殆（dài）：危险。

特别推荐

君子，不但要修身，还要齐家，也就是要把家庭治理好。中国人都非常重视家庭。《论语》中讲到的"孝"呀，"亲"呀，都是在讲如何处理好家庭关系。比如："**三年无改于父之道，可谓孝矣。**"在父亲去世以后的三年内，子孙都不违背其父亲的想法，就能称得上是"孝"了。

《学而篇》还有一处："**弟子入则孝，出则弟**①。"年轻的孩子，在家要孝顺父母，在外要顺从师长。

孝道是我最重视的部分，仁义礼智信，其实都是从孝这里引发出去的。

修了身、齐了家，就要治国平天下了。治国平天下最重要的是什么呢？那当然是"礼"了。关于"礼"，我在《论语》中也谈到了很多。比如《为政篇》里就谈到具体如何治理国家："**道之以政，齐之以刑，民免而无耻。道之以德，齐之以礼，有耻且格。**"如果用政令治理百姓、用刑法整顿百姓的话，那么百姓只求能免于犯罪受惩罚，但没有廉耻之心；如果用道德引导百姓，同时用礼制教化百姓，那么百姓就会有羞耻之心，也愿意归附你。

可见，要治理好国家，礼制是多么重要呀！

---

① 弟（tì）：通"悌"，指弟弟对待兄长的正确态度。

特别推荐

《论语》这部书,是我生前与众学生谈话的记录,别看是语录体,内容可是包罗万象。可以这样说,所有我们最关心的问题,都多多少少提到了。有人会说,你们儒家实在是酸腐,既要做这个做那个,又不能做这个或做那个,蹑手蹑脚的,一点都不自在。仔细想想,说的也对,修身本身就不容易,齐家、治国,还得平天下,儒家的野心咋就这么大呢!

晋国三头猪，洪水过黄河

对中国影响最大的儒家学派的开创者孔子，有非常多的弟子。《史记》在《孔子世家》中说："孔子以诗、书、礼、乐教，弟子盖三千焉，身通六艺者七十有二人。"就是说孔子有三千弟子，个个都是小能手，其中特别有才的，有七十二个。如果要在这七十二人中，再筛选一下，选出最贤能的人，那就不得不提到所谓的"四门十哲"了。

什么是"四门十哲"呢？《论语·先进》中说：

从我于陈、蔡者，皆不及门也。德行：颜渊、闵子骞、冉伯牛、仲弓。言语：宰我、子贡。政事：冉有、季路。文学：子游、子夏。

孔子的学生各有千秋。孔子在德行、言语、政事、文学四个方面中，各选出了几位比较优秀的弟子。德行方面是颜渊、闵子骞、冉伯牛、仲弓，言语方面有宰我、子贡，政事方面有冉有、季路，文学方面有子游、子夏。

孔子的这些弟子们不但非常有才，还非常有趣，有好多关于他们的小故事。有一次，孔子和他的弟子们开玩笑，说：

文苑杂谈

道不行，乘桴浮于海。从我者，其由[①]**与！子路闻之喜。**

孔子说："如果我的主张不能得到实施，我就驾着小船去海上度过下半生，愿意跟随我的人，恐怕只有子路吧。"子路一听，"哇，老师这是在夸我忠诚吗？开心！"

子路正高兴着呢，孔子马上又说了一句："**由也好勇过我，无所取材。**"这句话翻译过来就是："子路啊，也就是比我勇敢一点，再没有其他可取的优点了。"子路这下才明白，原来不是在夸他，而是在贬他啊，老师咋能这样呢？一点都不厚道。

《吕氏春秋》中还有一个关于子夏的小故事：

子夏之晋，过卫，有读史记[②]**者曰："晋师三豕涉河。"子夏曰："非也，是己亥也。夫'己'与'三'相近，'豕'与'亥'相似。"至于晋而问之，则曰："晋师己亥涉河"也。**

子夏前往晋国，中途经过卫国，听到一位正在读史书的人说："'晋师三豕涉河'，晋国的三头猪渡过了黄河？"子夏就赶紧过去纠正："不是这样，'三豕'应该是'己亥'。'三'与'己'、'豕'与'亥'字形相近，所以才造成了这种错误。"到了晋国一问，得到的答复确实是"晋

---

① 由：季路。原名仲由，又字子路。
② 史记此处指古代记载历史的史书，而不是司马迁所写的《史记》。

师己亥涉河"。这句话真正的意思是：在己亥这一年，晋国的军队渡过了黄河。

子夏对古代典籍非常熟悉，遇到典籍中的错误，都会非常敏感地察觉到。孔子之所以在"文学"这一方面特别把子夏标举出来，是因为他对中国典籍的研究的确很深入，是一位非常厉害的专家。

七嘴八舌

庄子

儒家要修身、齐家、治国，还得平天下，活得累不累呀。瞧我们道家多轻松，随时可以逍遥游。

一碗饭，一瓢水，住在很破旧的巷子里。别人都忍受不了这种苦，我……我……我就能忍受，而且觉得很快乐……

颜 回

子 夏

哈哈哈哈哈，晋国三头猪，游水过黄河。

来听故事吧

孙　武

万里挑一的军事狂人

约公元前 545 年—公元前 470 年[①]，字长卿

称　号：孙子、孙武子、兵圣
籍　贯：齐国乐安（今山东省境内）
代表作：《孙子兵法》

[①] 孙武的生卒年在史料中并无记载，学界争论较多，此处采用扈光珉先生的说法。

TA这一辈子

孙武这辈子

我们称孔子为至圣,是因为他创立了儒家学派,影响了中国几千年。在中国历史上,还有一个人也被称为"至圣",这个人就是孙武。他是春秋时期著名的军事家、政治家,被尊称为"兵家至圣"。他的著作《孙子兵法》被称为"兵学圣典",受到后世兵法家的推崇。

不隐居怎么能算牛人

孙武生活在春秋末期,当时,各个诸侯国打来打去,最需要的就是能带兵打仗的人。然而,作为一个军事天才,孙武却隐居了两次。这是怎么回事呢?

孙武本来是齐国人,年轻的时候就在外求学,学习的是兵法。勤奋好学的他还特意去过历史上的各种古战场以还原、研究古代的战争。可是,还没等他学成回国,齐国一个叫高昭子的大臣就谋反了,国内特别动荡。孙武一看,这么个乱糟糟的国家,君主连自己都保不住,更别说重用他了,他还是去别的国家吧。于是,孙武就跑到了吴国。但到了吴国之后,并没有人认可孙武,更别说重用了。孙武的才华没地方施展,没办法,他只好隐居起来，写下了《孙子兵法》，一共有十三篇。

后来，《孙子兵法》被吴王看到了。吴王大吃一惊，"国内还有这种人才？我竟然都不知道？"吴王赶紧把孙武召到朝廷，让他当了将军，带着吴国军队东征西战，打败了不少国家。

然而，随着年纪增大，吴王越来越昏庸，听不进大臣们对他的谏言，孙武失望极了，就找了个借口，说自己要回齐国探望亲人，从吴国跑了出来，又去隐居了。而这次隐居之后，人们就再也没有见过他了，连他是什么时候去世的，都没人知道。

拿宫女当士兵？简单

孙武很有指挥才能，可是，他刚刚在吴国做将军的时候，吴王也不是很信任他。有一天，吴王问他："你的十三篇兵书我都看过了，你可真厉害！可是，你在书里说的训练军队的方法，能用在妇女身上吗？"孙武一听，这是明晃晃的刁难啊，"你还真当我是个草包啊？哼，那我就让你看看我的厉害。"孙武就回答说："可以。"

于是吴王叫来了宫中的一百多名妇女，让孙武训练。孙武先给这些妇女们讲了训练的规则，告诉她们如果不能遵守规则，就要接受军法处置。接着，他给这些妇女分发了武器,又把她们分成两队,让吴王最宠爱的两个妃子做队长。然后,孙武先跟两个队长讲了左右前后的方向,后让两个队长向右转。可两个队长却觉得,"你谁啊?吴王都不敢对我这么凶,哼!"看这二人根本不听他的话,继续嘻嘻哈哈地说笑着,就是不动,孙武就又讲了一遍行军方位,让她们向左转。可是,她们还是不动。孙武终于生气了,"你们不是不怕吗?杀了你们,看你们怕不怕。"他下令把两个队长拉出去军法处置。

吴王正在台上看热闹呢，一看孙武要杀自己的爱妃，大吃一惊，这可不行啊，没有她们的陪伴，他连饭都吃不香了，就赶紧过来拦着。可孙武也是个硬骨头，就是不松口，还说："将在外，君命有所不受。"就是说将军在军队里的时候，是可以根据战事情况调整军令的，不必事事都遵从国君的命令。最终，孙武还是把两个妃子杀了，吴王气得要死，但拿训练妇女来试探孙武底细是他自己的主意，他也不好意思惩罚孙武，只好哑巴吃黄连，有苦说不出了。其他妇女一看，哇，不听话是要砍头的啊，连吴王都救不了她们，瞬间就变乖了，孙武让往左她们就往左，让往右她们就往右。从此，吴王就知道，孙武这人不得了，便把军队放心地交给了他。

超级访谈

我想打胜仗

项羽:孙先生孙先生!您快救救我啊!我快被刘邦那个中年大叔给打死了!听说您是军事奇才,快帮帮我!求您了!

孙武:啊?你说什么?慢点说慢点说,我年纪大了,听不太清楚。

项羽:我是西楚霸主项羽,现在和刘邦争天下,我俩暂时势均力敌,但他最近不知道吃了啥,越来越聪明,我有点打不过他了,所以想来请教一下您。

孙武:哦,原来是这样啊,行吧,你要听什么?

项羽:我记得您说过:"兵者,国之大事,死生之地①,存亡之道②,不可不察也。"战争是国家的大事,它关系国家的存亡、百姓的生死,不能不认真地思考和研究。您就跟我讲讲要从哪些方面判断战争的胜负吧。

① 地:引申为领域。　　② 道:根本。

孙 武

战争是国家大事，因此，要通过对敌我情况的五个方面进行综合比较，来探讨战争胜负的情形：一是政治，二是天时，三是地势，四是将领，五是制度。政治方面，要看民众和君主的意愿是否一致。二者一致，爆发战争的时候，民众才会愿意为君主冲锋陷阵。不然，即使没有战争，民众都盼着敌人来帮他们推翻君主，那这君主就一定会失败。

项 羽

嗯，这个我不怕，我的名气特别大，大家都喜欢我。

孙 武

咳咳，真不谦虚。那我们再来看天时与地势。天时是指昼夜、晴雨、寒冷、炎热、季节与气候的变化。地势是指高陵洼地、路途远近、险隘平坦、进退方便等条件。不要小看这两个方面，试想，如果天气特别冷或者特别热，那么士兵们可能会被冻得走不动路或者热得中暑昏迷，连武器都拿不起来，更别说打仗了。同样的，路途太远也是非常消耗体力的。

超级访谈

项羽

有道理！有道理！还有两个方面呢？

孙武

第四个方面是将领，就是指挥者所具备的智慧、谋略、诚信、仁爱、勇猛、治军严明等素质。第五个方面是制度，就是军制、军法、军需的制定和管理。这两个方面也是有关联的，将领如果比较仁爱，制定的法规也很明确、很人性化，那士兵就愿意听他的。如果将领特别残暴，士兵不听话就要被砍头，那谁还甘愿听从他的指挥呢？

以上这五个方面，用兵之人不能不多加衡量。"知之者胜，不知者不胜"，只有充分了解这些方面才能取胜，相反就会作战失败。

项羽

受教了，谢谢孙先生！我这就去挑战刘邦那小人，不把他打得落花流水绝不罢休！您就等我的好消息吧！

孙武

喂喂，"**兵者，诡道也。**"行兵打仗可是一门艺术，年轻人，你要学的东西还多着呢！唉，也是个急躁之人！

特别推荐

能在水里漂起来的石头

今天天气不错，适合游玩，因此，我一大早就出门去岸边钓鱼。安好了钓钩，我在河边漫步，走着走着，走到一处水流湍急的地方。正好走累了，我便坐下来休息，看着周围的景色，我想起了我的家乡齐国。要不是齐国内乱，我也不会到吴国来，而到了吴国，没有人赏识我，我不得不暂时舍弃自己的雄心壮志，隐居起来，只能天天钓鱼。

想到这儿，我就觉得烦得不行，顺手捡起块石头狠狠地扔了出去，借此宣泄我心中的愤懑。没想到的是，那块石头竟然没有马上沉进河底，而是在水面上漂了一会儿才落下去，真是太神奇了！我瞬间忘了自己怀才不遇的愤懑，开始琢磨起来："这石头为什么会漂起来？难道是天外飞石？还是有外星人助力？再者，这个现象到底吉不吉利？我要不要逃走？"

想了又想，我才明白：湍急的流水之所以能漂动石头，是因为水流湍急，使它产生了巨大的冲击力，所谓"激水①之疾②，至于③漂石者，势也。"因为我扔石头的

---

① 激水：流速湍急的水流。　② 疾：快、迅速。　③ 至于：甚至能够。

特别推荐

速度很快，加上水流的速度也很快，所以石头打在水面，被水流带着往前漂了一段路才沉下去，看起来就像浮在水面上一样。然后，我想到了类似的情形，那些凶猛的禽鸟在搏击雀鸟时，一举就可致雀鸟于死地，是因为它掌握了最有利于爆发冲击力的位置，节奏迅猛。

作战的时候，是不是也要这样呢？在战场上，双方的军队混杂在一起，乱七八糟的，这时候，将领自己就得有节奏，指挥、组织都不能乱。而且，将领得使用短促有力的进攻策略，让战争形势严峻得就像拉满弓正要射箭时那样，势能充足，短促有力。所谓"**善战者，其势**①**险，其节短。**"

我又悟出了一个兵法道理，真是太高兴了！只是，我想，如果我写完回去后发现自己的钓竿没有丢，我一定会更高兴的。

---

① 势：态势。

黑豆也能当武器

中国古代爆发过很多场战争，也有很多像孙武一样的军事天才。比如说，孙武的后代里，有个叫孙膑的，就很厉害。孙膑有个同学，叫庞涓，嫉妒心很重，孙膑比他厉害，他就老想着杀害孙膑。当时庞涓已经在魏国做了将军，孙膑却没有地方可去，庞涓就把孙膑骗到魏国，又在魏王面前诬告他谋反，魏王大怒，就把孙膑的膝盖骨给挖了出来，还在孙膑脸上刺了字。孙膑这才知道是庞涓故意陷害他，就假装发疯，从魏国逃到了齐国，受到了重用。

有一次，魏国攻打赵国，赵国向齐国求救，齐王就派了大将田忌去援救赵国，让孙膑做军师。孙膑就和田忌一起出发了。走了老半天，田忌突然发现路线不对，便问："这不是去赵国的路啊？怎么回事？迷路了？"孙膑就说了："咱们不去赵国，去魏国！""去魏国干吗啊？"孙膑又说了："庞涓带兵攻打赵国，魏国的国都大梁肯定没有多少兵力了，咱们就去攻打大梁。庞涓听到消息肯定得回来啊，到时候咱们就以逸待劳，打他个落花流水！"田忌一听，好主意，走着！果然，庞涓还在全力攻打赵国呢，突然就听说自己国家的国都被围攻了，就赶紧回来

文苑杂谈

救援,还在半路的时候,就被埋伏着的齐国军队打得措手不及,损失惨重。从此,孙膑就威名远扬,成了有名的军师。

宋朝时期,北方的金朝经常来攻打宋朝。当时有个大将军,叫毕再遇,他奉命带着宋军抵抗金军。金是游牧民族,他们的士兵都骑着骏马,而宋朝一直是靠着农业耕地生活,没有金军那么好的战马,所以毕再遇的军队经常被金军打得到处跑。但是,毕再遇是个聪明人,他很快就想到了一个打败金军的办法。

有一次,金军又来进攻,毕再遇就率领军队假装逃

跑。金军一看,宋军打不过,便更起劲儿了,骑着马使劲追宋军。毕再遇带着军队跑啊跑,一直跑到天黑,看着金军都已经跑不动了,马都累得直喘气,毕再遇就让士兵把早就准备好的秘密武器——黑豆撒在了地上。因为天黑,金军并没有看见黑豆,也就没有防备,只是突然发现,战马都不跑了,开始低头吃东西。原来,金军的战马已经跑了很久,一直没有吃到东西,而黑豆又正好是战马的饲料,它们饿得不行,又看到了吃的,当然就停下来开始吃东西了。金军怎么赶都赶不动它们,乱成了一团。就在这个时候,毕再遇带着军队冲了回来,把金军打了个措手不及。

吴　王

孙武竟然真的杀了我的妃子，气死我了。要不是我爱惜人才，他早就不知道死多少次了，坟上的草恐怕都长得比人高了！

哇啊啊啊！这是哪里来的神经病啊！大早上的，我还在睡觉呢就把我扔水里了，缺不缺德啊！

石　头

孙　膑

作为孙武的后人，我真是太感谢他遗传给我的基因了，让我这么聪明又帅气！

来听故事吧

《国语》
到底是谁写的

体　　例：国别体
记载时间：约公元前990年—公元前453年
主要内容：各国贵族间朝聘、宴飨、讽谏、辩说之辞

TA这一辈子

《国语》是什么

大家都知道,《史记》是一部很牛的著作,是中国历史上第一部纪传体通史,而《国语》其实和《史记》一样,也占着一个"第一",它是中国历史上第一部国别体史书。它记载了西周穆王、厉王至东周襄王、景王、敬王时有关"邦国成败"的部分重大政治事件,反映了从西周到东周的社会政治变化的过程,是研究春秋时期历史的重要史料。它的政治观很进步,反对专制与腐败;记事方式也很生动,有较高的艺术价值。

记载范围:一个字——广

《国语》是一部国别体史书,记事范围特别广,它所记载的事件里,最早的是周穆王十二年,也就是公元前990年,最晚的是春秋末年时三家分晋,也就是公元前453年。所以,它记载了500多年的历史。

《国语》不仅记载时间长,而且记载的国家也很多。作为国别体史书,《国语》分别记载了周、鲁、齐、晋、郑、楚、吴、越这八个国家的历史,非常广泛。

要知道,史书中很牛的《左传》,虽然有三十五卷,是儒家十三经中篇幅最长的，但它的记载范围只包括从鲁隐公元年到鲁哀公二十七年，也就是从公元前722年到公元前468年，不到300年，比《国语》记述的范围少了200多年。此外，《左传》只记载了鲁国一个国家的历史，《国语》却记载了整整八个国家的历史。当然，不管是《左传》还是《国语》，它们的记载范围都比不上记载了3000多年历史的《史记》。

记载内容：两个字——言论

不同的史书，在记载内容方面有不同的侧重点，也有不同的出彩的地方。比如说《左传》，它记载战争很拿手，描写的每一场战争都详尽精彩，一波三折，简直好像作者亲身经历一样。而《国语》，它不怎么记载各个国家的史实，反而是记录一些政治人物说的话，包括了各个国家的贵族之间朝聘、宴飨、讽谏、辩说之辞，还有部分历史事件与传说。比如说，两个国家之间发生了战争，《左传》就会详细描写战争是怎么开始的，双方各采用了哪些计谋，有什么结果，而《国语》可能就会把这些一笔带过，反而详细记载各个国家的君主、将领、百姓对这场战争的评价、争执等等。

作者是谁：三个字——不知道

因为太过久远，所以《国语》的作者一直是个谜。西汉的时候，司马迁在《史记》里说："左丘失明，厥有《国语》。"司马迁指明了《国语》是左丘明写的。连这么牛的人都这样说了，后来的人几乎没有怀疑，介绍《国语》的时候都采用了这个说法。

但是，到西晋时，出现了一个敢于挑战权威的人，就是大思想家傅玄。他仔细研究了一下，发现好像不是这么回事儿，左丘明根本就没有写过《国语》。那是司马迁说错了吗？也没有。傅玄认为，《国语》是他人假托左丘明之名写的。这在中国古代是一种比较常见的现象，有的人因为没什么名气，所以他们的作品不管写得多好都没有人看，为了让大家注意到他们的作品，他们就会假装这个作品是某个名人写的，以此来提高他们作品的传播度。

人们一看，傅玄说得也很有道理啊，于是纷纷开始考证《国语》的作者，像宋朝的刘世安、吕大光、朱熹，清朝的尤侗、皮锡瑞等人，都认为《国语》的作者不是左丘明。但是，他们也没有明确指出《国语》的作者是谁。

近代，康有为也研究了这个问题，提出了一个新看法。

他认为《国语》应该是汉代的刘歆写的,但后来人们传着传着,就传成了左丘明。

不论如何,《国语》的作者是谁,至今还是一个未解之谜。然而,不论作者是谁,《国语》的价值不受任何影响。

超级访谈

我想采访您一下

记者

左丘明先生！哎呀，可算见到您了！我是您的晚辈，也是个历史爱好者。我想请您去喝杯咖啡，顺便请教您几个问题，您现在有空吗？

啊？要不您就在这儿问？我待会儿还有事儿呢。

左丘明

记者

没问题没问题，我是想问您几个关于《国语》的问题。据那些历史学家们说，《国语》是中国第一部国别体史书，您能跟我讲讲为什么这么说吗？

国别体史书，就是说史书里的事儿是按照国家为板块来记录的，比如说吴国发生了什么事儿、赵国发生了什么事儿。除了国别体以外，史书还有另外几种，比如说纪传体史书，就是《史记》那样的，是按照人物来记录的，像荆轲干了什么事儿、孟子干了什么事儿；再比如说编年体

左丘明

左丘明

史书，也就是按照时间来记录，像这一年各个国家都发生了什么事儿，那一年各个国家又发生了什么事儿。《国语》是国别体史书，就是因为它分别记载了周、鲁、齐、晋、郑、楚、吴、越这八个国家从周穆王到鲁悼公这500多年的历史，是按照国家来记录的，所以叫国别体。

记者

是这样啊，那您能跟我说说《国语》有什么特点吗？

左丘明

《国语》最主要的特点应该是以记言为主、记事为辅，也就是主要记载人物的言论，没有记载太多的事件。简而言之，它是通过人物的言论来反映春秋各国的政治、军事与外交活动。

记者

那您知道历史上关于《国语》的评价是比较复杂的吗？直到清朝都还有人在批评《国语》，清朝的大学问家崔述就批评《国语》是"荒唐诬妄，自相矛盾""文辞支蔓，冗弱无骨"。他说《国语》里记录的事件不真实，而且很啰唆，没有主线。您怎么看呢？

超级访谈

左丘明

我知道这事儿,《国语》之所以老被批评,主要有两个原因,第一个原因是它是国别体,对各个国家的历史分别进行叙述,所以看起来是一大堆事儿堆在一起,没有什么体系,比较乱;第二个原因是《国语》里面有很多情节都是虚构的,确实不怎么真实,而且遇事老是求神问鬼,一听就不太可信。但实际上,《国语》比较重视人,重视人民在国家社会中的作用,这是很难得的。况且,《国语》里虚构的部分,往往都非常精彩,是全书的点睛之笔。所以,《国语》是中国文学史上很有价值、地位很高的一部作品。

记者

原来是这样啊,那这么说,《国语》的文笔也是很好的,人们老把《国语》当史书,都没怎么关注它的文笔,真是太可惜了。

左丘明

中国古代的不少史书文笔都很好,比如说《史记》,现在还有人在争论到底是它的文学价值比较高,还是史学价值比较高呢。再比如说《左传》里面关于战争场面的描写,那可是一等一的精彩,后来不少作品都是从它那儿学的。《国语》

也是这样,虽然它的史学价值没有那么高,但它的文学价值还是很大的,很值得一读!

左丘明

记　者

是这样啊,中国古代的史官可真厉害,又是大史学家,又是大文学家,佩服!我现在就回去仔细重读一遍《国语》!谢谢您!

防民之口，甚于防川

今天闲着没事干，把以前的书翻出来晒了晒，顺便看了几本，正好看到《国语》里的几篇，果然经典就是经典，这些故事现在读起来都还特有意义。我得找个本子做摘抄，说不定以后能用到。

其中有一篇写得特好的，叫《邵公谏厉王弭谤》，讲的就是周厉王特别暴虐，有老百姓讽刺他，不小心被他听到了。周厉王就派了很多人去暗中监视老百姓，只要听到有人说他的坏话，就把说坏话的人杀了。这样一来，老百姓吓坏了，彼此见了面都不敢说话，只敢互相看一眼，用眼神交流。周厉王还特别高兴，跟他的一个叫邵公的大臣分享，说："你看，我能消灭老百姓对我的讽刺，他们现在都不敢说我的坏话了。"邵公一听，周厉王这脑回路真是奇特，哪有这样对老百姓的，于是开始劝周厉王："**防民之口，甚于防川。**"此话的意思就是说，周厉王现在是堵住了老百姓的嘴，不让他们说周厉王的坏话，可是，堵住老百姓的嘴，比堵住泛滥的河流更危险！

邵公继续劝说周厉王："大王，您想想，您堵住河流,河流里的水越积越多,一旦决堤,肯定会淹死不少人。老百姓也是一样,您老监视他们,不让他们发泄心中的不满,要是有一天老百姓憋不住了,肯定会起来造反的,到时候吃亏的还是您呐!"

那要怎么阻止这样的事情发生呢?邵公给出建议:"要让老百姓向您提意见,让各级官吏进献讽喻诗,让乐师进献民间乐曲,让史官进献有借鉴意义的史籍,让少师诵读箴言,让无眸子的盲人吟咏诗篇,让有眸子的盲人诵读讽谏之言,掌管营建事务的百工也可进谏,这么一来,您听到的意见多了,做决定的时候自然也就比较明智了。"

"**夫民虑之于心而宣之于口,成而行之,胡可壅也?若壅其口,其与能几何?**"邵公又把发言总结了一下,大意是老百姓把心中所想的通过嘴巴表达出来,朝廷再商量着处理,觉得有道理的就采纳,怎么还会再堵塞呢?要是您坚持堵住老百姓的嘴,又能堵多久呢?

邵公确实是聪明,用防备河水泛滥来比喻不让老百姓说话,既简单又明了,只要君主不傻,应该都能听懂。可谁知道这周厉王是真傻,根本不听邵公的话。"**王不听,于是国人莫敢出言。三年,乃流①王于彘②。**"周厉王不听邵公的话,仍然实施着这个暴虐的政策,结果老百姓

① 流:放逐。　　② 彘:地名,在今山西省霍县东北。

都不敢说话。三年以后，老百姓忍不住了，终于起来造反，把周厉王给赶下了王位，把他放逐到了彘这个偏僻的地方。

看看，防民之口，甚于防川。只有让老百姓过上好日子，认真听取老百姓的建议和意见，一个国家才能走得更长远，这话真是太有道理了！

段氏坏足，《说文注》成

《国语》虽然是中国古代一本著名的史书，但它的作者一直是个谜，不断有人提出新的见解，却又不断被人推翻。而关于《国语》的作者，最早的记载是在司马迁写的一篇名叫《报任安书》的文章中，司马迁是这么写的：

文王拘而演周易，仲尼厄而作春秋。屈原放逐，乃赋离骚。左丘失明，厥有国语。孙子膑脚，兵法修列。不韦迁蜀，世传吕览。韩非囚秦，说难孤愤。诗三百篇，大抵圣贤发愤之所为作也。

周文王被囚禁在羑里的时候，把《周易》的八卦推演为六十四卦；孔子经历困顿，写出了《春秋》。屈原被楚王放逐了，却还写出了《离骚》。左丘明眼睛看不见了，还写出了《国语》。孙膑遭受了膑刑，被人砍去了膝盖骨，却还是写出了《孙膑兵法》。吕不韦被贬谪到了蜀地，却创作了《吕氏春秋》。韩非子被困在秦国，写出了包括《说难》《孤愤》等名篇的《韩非子》。就连《诗经》中的三百多篇诗歌，也大都是圣贤们为了抒发郁愤而写出来的。

司马迁所提到的这些在困境中仍然发愤努力的圣贤曾

文苑杂谈

经激励了不少人,比如,清代的大学问家段玉裁。他很喜欢研究学问,打算给东汉时期著名文人许慎写的《说文解字》作注。那时候可没有现在的电脑,人们写东西就只能在纸上手写,非常艰难。可段玉裁运气实在不好,《说文解字注》还没有写完,就不小心把右腿跌坏了,从此成了残疾人。段玉裁的朋友一看,这也太倒霉了,就赶紧去安慰他。没想到段玉裁特别坚强,还跟朋友开玩笑,就引用了司马迁所说的这段话:"《说文注》三年必有可成。可谓左丘失明,厥有《国语》;孙子膑脚,《兵法》修列;段氏坏足,《说文注》成。"他的意思就是《说文解字注》三年之内一定可以写完,后人可以说左丘明失明还写成了《国语》,孙膑受到膑刑还写成了《孙膑兵法》,段玉裁跌

坏了腿还写成了《说文解字注》。

可见，段玉裁有多乐观幽默，自己的腿都坏了，还跟朋友说笑，表示自己要向那些先贤圣人学习。后来，段玉裁的身体越来越差，晚上睡不着觉，左胳膊也受伤了，但他还是一直坚持写《说文解字注》，终于在去世前写完了这部巨著。

在此之后，为《说文解字》作注的人非常多，但段玉裁的注还是一枝独秀，被另一个大学问家王念孙称为"盖千七百年来无此作矣"，意思是从许慎写出这书到王念孙所处时代的一千七百年中没有人再写出过这样的作品。可见，《说文解字注》的影响巨大。

七嘴八舌

傅 玄：《国语》的作者肯定不是左丘明，不信来打赌！

邵 公：哼，谁让你不听我的话，现在被赶走了吧。不听老人言，吃亏在眼前！

段玉裁：我要坚持！我要努力！看看文王、孔子、屈原、左丘明、孙膑、吕不韦、韩非子这些人，他们能行，我也能！

来听故事吧

《左　　传》
名字特别多的历史书

体　　例：编年体

作　　者：左丘明①

主要内容：东周前期二百五十四年间各国政治、经济、军事、外交和文化方面的重要事件和重要人物。

地　　位：儒家经典之一，与《春秋公羊传》《春秋穀梁传》合称"春秋三传"。

别　　名：《春秋左氏传》《左氏春秋》《春秋古文》

---

① 自唐朝开始，不少学者质疑真正的作者另有他人，但当代学者多认为是战国初年左丘明。

TA这一辈子

《左传》这本书

《左传》是中国古代一部叙事完备的编年体史书，它标志着我国叙事散文的成熟。它以《春秋》为本，通过记述春秋时期的具体史实来解释《春秋》，是儒家重要经典之一。

作者到底姓什么

《左传》这本书的作者左丘明可是个牛人啊！但就是这么一个大牛人，他到底姓什么却一直是个谜。一种说法认为，左丘明其实姓丘，名明，因为他爸爸担任左史官，所以人们就称呼他为左丘明。另一种说法认为，左丘是个复姓，就跟诸葛、上官一样。还有一种说法认为，左丘明，就是姓左，名丘明，而且是姜子牙丘姓一支的后裔。

不管左丘明姓什么，他的地位都是无可置疑的。他被誉为"文宗史圣""经臣史祖"，连孔子都尊称他为"君子"，可见他有多厉害。

名字多，我骄傲

大家都知道《左传》，但很少有人知道《左传》还有不少别称，可以说是中国古代名字最多的一部史书。一开始，因为《左传》是给我国最早的编年体史书《春秋》作的注释，又是鲁国的史官左丘明写的，所以就叫《左氏春秋》，意思是姓左的人注的《春秋》。

到西汉时，人们又给它起了个名儿，叫《春秋古文》，因为左丘明生活在春秋末年，距离西汉建立有200多年，相当于西汉的古代，所以叫古文。

东汉时,班固觉得前两个名字都不好,就重新命名为《春秋左氏传》,并和另外两本为《春秋》作的注释合在一起,称为"春秋三传"——《春秋左氏传》《春秋公羊传》《春秋穀梁传》。

十三经?啥东西

汉武帝的时候,汉朝推行了"罢黜百家,独尊儒术"的政策,就是把其他学派的主张都搁置了,只推崇儒家,把儒家思想定为社会的正统思想,而儒家的那些经典作品也被列为经书。

最开始的时候,被列入经书的只有"五经",就是《诗经》《尚书》《礼记》《周易》《春秋》。到唐朝时,因为《春秋》太简略,人们就把对它的注释也加了进去,所以《春秋》就分成了《春秋左氏传》《春秋公羊传》《春秋穀梁传》。同时,《礼记》这本经书被分成了"三礼",就是《周礼》《仪礼》《礼记》。再加上原来的《周易》《尚书》《诗经》,"九经"[1]就出现了。这九本经书,后来成为唐朝用于开科取士的书,相当于咱们现在的教科书,地位特别高。

---

[1] 关于"九经"的分类有六种,此处采用的是唐朝时期的分类。

到了晚唐,唐文宗发现"九经"里竟然没有儒家老祖宗——"至圣"孔子的作品,于是,他就把《论语》加了进去,又顺便加上了《尔雅》和《孝经》,变成了"十二经"。

到了南宋,学者们又把"亚圣"孟子的作品《孟子》也加了进去,"十三经"就形成了。这是中国非常有名的十三部儒家经典著作,地位特别高。

超级访谈

你这史书咋写的

司马迁：老左！老左，在家吗？有事儿找你，快来开门！

左丘明：都说过多少次了，我不姓左！我叫丘明，不过是因为我父亲当过左史官，后人就叫我左丘明，硬是给我改了名儿！

司马迁：行行行，知道了知道了！我今儿来找你是有正事的。你也知道，我之前受了宫刑，被关在监狱里，这简直是奇耻大辱，我本来想一死了之，但我的《史记》还没有写完，所以我就在监狱里继续写《史记》。这不，前两天皇帝大赦天下，我就被放出来了，但《史记》还有一点儿没写完。正好你不是写了《左传》吗？我就来问问你有没有什么建议，我回去把《史记》再修改一下。

左丘明

我这《左传》呢,又叫《春秋左氏传》,叫这名儿是因为春秋时期鲁国有本史书叫《春秋》,记事特别简略,后来就有好多人为这书作注释,作的这些注释就叫"传"。《春秋》的传有三个最有名:一个是《春秋公羊传》,是一个叫公羊高的人写的;一个是《春秋穀梁传》,是一个叫穀梁赤的人写的;还有一个就是我写的《春秋左氏传》了。

司马迁

哦,我记得你不仅写了注释啊,《春秋》的历史只记到了公元前481年,你的《左传》里的历史可是记到了公元前468年,多记了13年的历史呢。

左丘明

对,其实我在注释时都觉得像又写了一本史书,因为《春秋》实在太简略了。我补充了好多东西,从鲁隐公元年一直写到鲁哀公十四年,所以《左传》也被后人看作是一部编年体史书。

司马迁

那你写《左传》的时候有什么心得吗?我听人说《左传》里面的战争啊对话啊,写得特别好,你跟我说说呗,我也学习一下。

超级访谈

左丘明

这……要我说我还真说不出来,这样吧,我给你讲一段儿我写的,你自己琢磨一下?就说《烛之武退秦师》里的一个小片段吧。烛之武是春秋时期郑国的一个大臣,当时晋国和秦国联合起来要攻打郑国,郑国国君吓坏了,就派烛之武去游说秦国君主,让他们退兵。烛之武去了以后呢,就对秦国的君主说:"秦、晋围郑,郑既①知亡矣。若亡郑而有益于君,敢以烦执事②。越国以鄙③远,君知其难也,焉用亡郑以陪④邻⑤?邻之厚,君之薄也。若舍郑以为东道主⑥,行李⑦之往来,共⑧其乏困,君亦无所害。且君尝为晋君赐矣,许君焦、瑕⑨,朝济而夕设版⑩焉,君之所知也。夫晋,何厌⑪之有?既东封郑,又欲肆⑫其西封,若不阙⑬秦,将焉取之?阙秦以利晋,唯君图之。"

---

① 既:已经。
② 执事:负责的人,此处指秦国。
③ 鄙:边远的地方。
④ 陪:增加。
⑤ 邻:邻国,指晋国。
⑥ 东道主:东方道路上招待过客的主人。
⑦ 行李:出使的人。
⑧ 共:通"供",供给,提供。
⑨ 焦、瑕:晋国地名。
⑩ 版:筑土墙用的夹板,指防御工事。
⑪ 厌:通"餍",满足。
⑫ 肆:延伸,扩张。
⑬ 阙:侵损,削减。

司马迁

哈,我来翻译下。"秦、晋两国围攻郑国,郑国已经知道自己要灭亡了。假如灭掉郑国对您有好处,那我们怎么敢拿这件事情来麻烦您呢?越过邻国把远方的郑国作为秦国东边的城邑,您知道这是困难的,您为什么要灭掉郑国而为晋国增加土地呢?晋国的势力雄厚了,您秦国的势力也就相对削弱了。如果您放弃围攻郑国,把它当作东方道路上接待过客的主人,秦国出使的人来来往往,郑国可以随时为他们提供缺少的东西,这对您也没有什么害处。况且,您曾经给予晋惠公恩惠,晋惠公曾经答应给您焦、瑕两座城池作为答谢,但晋惠公早上渡过黄河回到晋国,晚上就在这两座城上修筑防御工事,不打算给您,这事儿您是知道的。晋国什么时候满足过呢?现在它已经在东边使郑国成为它的边境,又想要向西扩大边界。如果不抢占秦国的土地,那它将从哪里得到想要的土地呢?削弱秦国而增强晋国,希望您再考虑一下这件事!"老左,你看我翻译得对吧?

超级访谈

没错,就是这样。秦国君主一听,这话有道理啊,于是和郑国结盟,退兵了。晋国一看,秦国都走了那还打啥呀,也就跟着走了。你想想,烛之武说的这话,不仅让秦国晋国退兵,保护了郑国,还挑拨离间,让秦国君主开始提防晋国,一举两得啊。

左丘明

司马迁

烛之武说得好,你写得也好,佩服佩服!好了,我要回去改我的《史记》了,多谢!下回请你喝酒啊!

哼,你这话说了多少次了,我直到现在都没喝到你的酒,赶紧走吧!

左丘明

特别推荐

打仗也要讲计谋

虽说我这《左传》是给《春秋》注释用的,但《春秋》也太简略了吧,两三个字就记完了一个月的事儿,像鲁僖公三年六月,只写了一个字:"雨"。然后呢?雨大吗?有洪水吗?淹了多少地方?这都没说。再比如鲁僖公八年夏天,《春秋》只记了三个字:"狄伐晋"。那你倒是说完啊,结果是什么?谁赢了?死了多少士兵?占了多少土地?这些都不知道,只知道狄国攻打了晋国。这可怎么注释啊?没办法,我只好再去查资料进行补充。

这不,我正写到鲁庄公十年,这年春天齐国来攻打鲁国,结果反而被鲁国打败,《春秋》里只记了"公败齐师于长勺",也就是鲁国在长勺这个地方打败了齐国的军队。别的啥也没说,我只好补充了一下,也就是《左传》里《曹刿论战》的故事。

鲁庄公十年的春天,齐国军队攻打鲁国。鲁庄公将要迎战。曹刿请求拜见鲁庄公。他的同乡跟他说:"当官掌权的人自会谋划这件事,你又何必参与呢?"曹刿说:"当权的人目光短浅,不能深谋远虑。"于是他到朝廷拜见了鲁庄公。曹刿问鲁庄公:"您凭借什么作战?"鲁庄公说:"衣食这一类养生的东西,我从来不敢独自专有,一定把它们分给身边的大臣。"曹刿回答说:"这种小恩小惠不能遍及百姓,百姓是不会顺从您的。"鲁庄公

特别推荐

说:"祭祀用的猪牛羊、玉器和丝织品等祭品,我从来不敢虚报数目,一定对上天说实话。"曹刿说:"小小的信用,不能取得神灵的信任,神灵是不会保佑您的。"鲁庄公又说:"大大小小的诉讼案件,即使不能一一明察,我也一定根据实情合理裁决。"曹刿回答说:"这才是尽了本职一类的事,可以凭借这个打一仗。如果作战,请允许我跟随您一同去。"

然后呢,鲁庄公就带着军队迎战。到了作战那天,鲁庄公和曹刿同坐一辆战车,在长勺和齐军作战。鲁庄公将要下令击鼓进军。曹刿说:"现在不行。"等到齐军三次击鼓之后,曹刿才说:"可以击鼓进军了。"齐军大败。鲁庄公又要下令全军追逐齐军。曹刿说:"还不行。"说完,他就下了战车,查看齐军车轮碾出的痕迹,又登上战车,扶着车前的横木远望齐军的队形,这才说:"可以追击了。"于是鲁国军队开始追击齐军。

打了胜仗后,鲁庄公问他取胜的原因。曹刿回答:

夫①战,勇气也。一鼓作气,再而衰,三而竭。彼竭我盈②,故克之。夫大国,难测③也,惧有伏焉。吾视其辙乱,望其旗靡④,故逐之。

---

① 夫:放在句首,表示将发议论,没有实际意义。
② 盈:充沛,饱满,这里指士气旺盛。
③ 测:推测,估计。
④ 靡:倒下。

特别推荐

曹刿的意思是："作战靠的是士气。第一次击鼓，能够振作士兵们的士气；第二次击鼓，士兵们的士气就开始低落了；第三次击鼓，士兵们的士气就耗尽了。他们的士气已经消失而我军的士气正旺盛，所以才战胜了他们。像齐国这样的大国，他们的情况是难以推测的，我怕他们在那里设有伏兵。后来我看到他们车轮的痕迹混乱，望见他们的旗帜倒下了，所以下令追击他们。"

看看，这事儿在《春秋》里只记了七个字，我这《左传》里却记了三百多字，写得我手都酸了！

文苑杂谈

征？伐？侵？你到底想说啥

现在人们说战争，往往就说谁攻打谁。中国古代可不这样，古人可讲究了，对于战争有好几种不同的说法。

第一种是征，指的是正义的军队攻打不正义的军队，或者是君主攻打他分封的诸侯。《尚书》记载："奉辞伐罪曰征"，即奉君主的命令攻打有罪的人，叫作征。第二种是伐，指的是诸侯或平级之间的公开宣战，开战的时候要击鼓，不能偷偷摸摸攻打人家。《曹刿论战》里齐国的军队有一鼓二鼓三鼓，所以用的是"齐师伐我"。第三种是侵，指的是根本不告诉别人，直接就去打，而且是不正义地打，这种就是侵犯别的国家了。第四种是袭，指的是偷偷地打，趁人不备突然发起进攻。第五种是讨，指的是先宣告别人的罪行，再去攻打。比如说古代小说里常说"讨贼"，就是先列数反派干过的坏事，再攻打反派。第六种是攻，这个意义很广，就是指进攻。

据司马迁说，《春秋》是孔子写的，"仲尼厄而作春秋"，就是孔子在遇到困难的时候写下了《春秋》。《春秋》里面写到的战争很多，孔子老是用这种不同的表示战争性质的字词来表达自己的立场。比如鲁僖公四年时候，鲁、齐、宋、陈、卫、郑、许、曹这些国家联合起来和蔡、楚打了一仗，《春秋》是这么写的："**公会齐侯、宋公、陈侯、卫侯、郑伯、许男、曹伯侵蔡。蔡溃。遂伐楚，次于陉。**"攻打蔡国的时候是"侵"，说明这些国家攻打蔡国并没有正当的理由，而且开战之前也没有告诉蔡国，蔡国啥都没干，啥都不知道，就莫名其妙地被打了一顿，真是比窦娥还冤！而它们攻打楚国的时候是"伐"，就说明这些国家在攻打楚国前是告诉了楚国的，"准备好啊，我要去打你了。"看看，孔子根本就没有说前因后果，只用了"侵""伐"两个字，就基本上说明了两次战争的特点，真是厉害了！

欢乐谷

七嘴八舌

司马迁

　　老左这书写得不错啊，也就比我差那么一点儿。

"一鼓作气，再而衰，三而竭。"为啥没有"四"呢？那当然是因为事不过三啊。

曹　刿

烛之武

　　快来看快来瞧！辩论大师、演讲专家教你怎么说话，速来报名，速来报名，机不可失，时不再来！

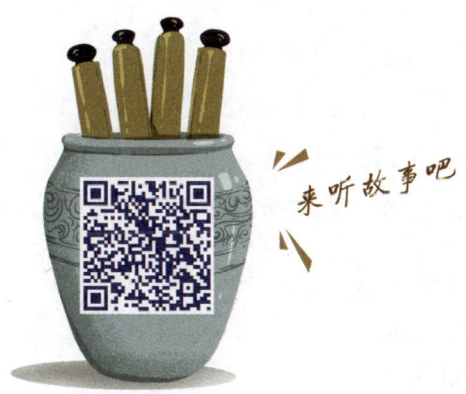
来听故事吧

图书在版编目（CIP）数据

乐死人的文学史. 春秋篇 / 窦昕主编. -- 北京：石油工业出版社，2020.8

　　ISBN 978-7-5183-4046-0

Ⅰ. ①乐… Ⅱ. ①窦… Ⅲ. ①中国文学—古代文学史—春秋时代 Ⅳ. ①I209

中国版本图书馆CIP数据核字(2020)第084173号

乐死人的文学史·春秋篇
窦昕　主编

出版发行：石油工业出版社
　　　　（北京安定门外安华里2区1号100011）
网　　址：www.petropub.com
编　辑　部：（010）64523616　64252031
图书营销中心：（010）64523731　64523633
经　　销：全国新华书店
印　　刷：北京中石油彩色印刷有限责任公司

2020年8月第1版　2025年7月第14次印刷
710×1000毫米　开本：1/16　印张：12
字数：100千字

定价：38.00元
（如出现印装质量问题，我社图书营销中心负责调换）
版权所有，翻印必究